人生是一场无人相伴到底的旅行

曾颖————著

ZENG YING / works

ZHEJIANG UNIVERSITY PRESS

浙江大学出版社

目　录

第一章
错的地方未必没有对的风景

人生本身就是这样一次旅行，
有人永远待在原地，过着机械重复的简单生活；
有人坐在缆车上飞来飞去，遥远而飘忽地活着；
有人脚踏实地，以平静的心态，
去体会属于自己的喜怒哀乐，把酸甜苦辣，都当成必需的一种体验，
去品尝和咀嚼丰厚的余味。

第二章
生命是一场无人相伴到底的旅行

对于土和花来说，赞美和责骂是无意义的。
就像路对于我们的脚没有记忆一样，
天空没有留下翅膀痕迹，
却见证过数不清的飞翔……

第三章
发自内心的富足感，才是真正的富足

不管是多高档或低级的床，只要能承载安然的睡眠，
就是好床；他知道，无论多高级的车，不过只是位移工具；
他知道，发自内心的富足感，
才是真正的富足。而知道富足感本身，就是奢侈的……

第四章
你不必买下那片风景

我所追逐的，是否是我最想要的？
我们是要买下那片风景，却忙得无暇观看；
还是不必买下它，而用欣赏的心境远观呢？

第五章
活鱼溯流而上，死鱼随波逐流

一个强大的人，不应该恐惧自己理想的高大和遥远。
活鱼溯流而上，死鱼随波逐流，嘲弄别人理想的人，
终将被别人的成功所嘲弄。

错的地方未必没有对的风景

第一章

人生本身就是这样一次旅行，

有人永远待在原地，过着机械重复的简单生活；

有人坐在缆车上飞来飞去，遥远而飘忽地活着；

有人脚踏实地，以平静的心态，去体会属于自己的喜怒哀乐。

把酸甜苦辣，都当成必需的一种体验，

去品尝和咀嚼丰厚的余味。

每个人的生命都是一段传奇

在我生命中，见识和经历过许多神奇的事情，其中一件，发生于我出生之前48年的1921年，那一件看似与我无关的事，却对我的人生，有着最大的影响。

那一年，我的外婆还是个三四岁的孩子，她的妹妹也刚出生。她的爸爸妈妈也即我的祖爷爷和祖奶奶，是四川崇宁县（今郫县唐昌镇）的农民，住在一个叫卓家船的地方。地名里都有船字，当然离水很近喽。他们一家因为钱少无地，就在河边搭了两间草屋，借种几亩薄田，养几只鸡鸭小猪，勉强度日。

那年夏天的某个晚上，在闷热了多日之后，老天爷决定开恩，让人们凉快凉快，大闸一开，天象巨变，风裹着雨，雨夹着雹，跟越狱逃犯似的挤往人间，雷声如锤，夹杂着一道道闪电，整个场景和氛围，都是电影里要出大事的节奏。

祖爷爷和祖奶奶劳累一天，早已入睡。半夜，祖奶奶被一阵鸡鸭的吵闹声惊醒，作为掌管一家人畜十几条性命的主妇，她的睡眠如同一面易碎的镜子，稍有风吹草动，便立马清醒。外面风大雨大，鸡鸭叫得蹊跷，她想起床，但又害怕，于是推推旁边熟睡的丈夫。而丈夫白天在田里干活太累，睡得如石磨般沉。

眼见鸡鸭叫得更凶，祖奶奶一急之下，伸出她的小脚，一脚踹了过去。

虽是小脚，力道却不小。踹在祖爷爷身上，祖爷爷梦中被袭，猝不及防，翻身跌到床下。

不跌倒也罢了，一跌，大叫不好。这时，脚下的水，已涨到床边。

祖爷爷顿时清醒，一边叫不好，一边抓起箩筐，将床上的女儿们扔进去，挑上，夺门而出。祖奶奶也抱着衣物，冲出房门。两人踏着乱石冲过激流，奔到河堤高处，回头再望，闪电亮处，只有湍急的河水，他们的家，已荡然无存。

如果晚一步，荡然无存的，还有他们一家的性命。不，确切地说，荡然无存的，还包括外婆、姨婆，以及此后几十年她们生出的十几个儿女，还有她们儿女的儿女几十人，这几十人中，就包括我。而拯救这一切的，就是祖奶奶情急之下仓促踹出的一脚。

常看到讲生命的偶然与神奇的文字，有一段是这样说的：每一个生命，都是一个传奇。即便是一个最平凡的生命，往前追溯，从原始人到今天，他的历代祖先，历经了多少天灾人祸，跨越了多少艰难险阻，逃脱了多少危险与绝望，绕过了多少杀戮与饥馑，才磕磕绊绊地走到现在，并站立在阳光下。试想，如果在这漫长的路程中，一场轰天的地震，一次莫名的山火，一块飞石甚至一朵渺小的毒蘑菇，一个皇帝发起的亲征，一场战乱，一把青铜或青钢剑，一颗子弹或一枚炮弹，一场记入历史的大战或饥荒，一场无须记入历史的小战或小饥饿，一次看得见的"阳谋"，一次看不见的阴谋……总之，在那数以万年十万年的长长的生命脉管上扎上小小一刀，我们的生命，便荡然无存。没有人的生命不是一段传奇，如同老外婆生前无数次讲起的这一段故事一般，我的出生，取决于我出生 48 年前祖奶奶的那一脚。而我相信，你的生命、他的生命之中，也曾有过这种看似平凡却弥足珍贵的片刻。也正是基于这个原因，我们还有理由叹息生命的平凡与无聊，轻慢并挥洒浪费它吗？

片刻的光亮

关于珍惜生活的格言和文章看了很多，但都不如波兰斯基执导的电影《钢琴家》中的一个小片段印象深刻，在被押往死亡集中营的路上，一位犹太人发现自己的口袋里还有一小块巧克力，于是小心地将它分成更小的几块，拿给身边的亲人们。有人嘲笑他说这都什么时候了，你还有这闲心？他淡然地说出了那句令我震惊并奉为座右铭的话："片刻的生命，也是生命。"

这样的场景，让我想起佛经里的一个故事：一个人被猛虎追逐，爬上一棵枯藤，枯藤的上方，有一只老鼠正在啃着藤，也随时会落入虎口之中。这时，置身于绝地中的他，发现手边的悬崖上，有一颗红草莓，于是，他伸手摘下了草莓，如那一个即将进入毒气室的犹太人拿起巧克力一样，将它放入口中，并由此悟到人生不过如此。在孤窄如藤的路上，后有猛虎吞掉不可留的昨日，前有小老鼠啃藤一般乱我们心的明天，而崖壁上那颗小小草莓，却是在匆促而绝望的人生中，给我们的小小幸福与安慰，它虽然不足以本质性地改变什么，却让我们能够换一种心态，来重新面对生命中的波折与困苦。心中有一颗巧克力或草莓来面对苦难的人，与心中只有苦难的人，想必是有很大的不同。

这让我想起我童年时代的偶像曾爷爷，这位曾经读过很多书的老人，经历过很多的压抑和痛苦，而支撑他活下去的，是他家后院那株茶树和几丛茉莉，这些小生命因为来抄家的人们不识货，而没有像古画老书旧瓷器和假山盆景一道，被付之一炬。那株他父亲当年在雅安贩茶带回的茶树，每年春天都会结出令他欣喜的嫩芽，他总会小心地将它们带露采下，用菜锅小心炒制，或等茉莉花开时节，两相混合，装成一小包散发着馥郁香气的救命仙草。每天出门之前，必先用瓦壶烧水，捻几小颗，放入搪瓷盅里，看着沸水掺进去，升腾起一股芬芳的水气。这样的场面，颇有仪式感，是一个失意者在艰难生活面前不折服的表态："你可以消灭我，但不能打败我！"

进行过这场仪式后的曾爷爷，就一脸从容地出门了，之后的岁月里，无论遇到怎样的事情，他都是一样的表情。

巧克力不是巧克力，草莓不是草莓，茶叶也不是茶叶，它们是对生活的一种信念，一种在苦难威压下的一星点希望之火，它可能会像卖火柴的小女孩在寒夜中点起的最后一根火柴，是一种虚幻的安慰剂。但谁又能回答我们：她不点燃最后那根火柴，就比点亮那根火柴更好？

片刻的生命也是生命！片刻的光亮也是光亮，您说是吗？

你和我看到的风景为何不同

想出去走走，选了一个自己觉得还不错的目的地，征求朋友们的意见。有三位朋友都去过我说的那个地方，给出的答案却各不相同。

朋友甲说：没意思，饭菜不好吃，宾馆里又没空调，半夜静得连鬼叫都听不到，而且居然连机器麻将也没有，还得玩手动麻将。我劝你别去！

朋友乙说：那里一般化，所有旅游景点该有的东西都有，山还算清秀，树也不错，只是太冷了一点，没去玩过可以去玩玩！

朋友丙的意见与前两者完全不一样，他很兴奋地说：那个地方你一定要去，那里的山道，是明朝时期的石头砌成的，上面已印下了千千万万的足迹；路两旁，千年以上的古树随处可见；树间，鸟儿和松鼠还有许多不知名的小动物跳进跳出；山间草丛和石缝里，时不时有清冽的泉水溢出来，那绝对是真正的无污染饮料。山上有一家农户，是专门养牛的，所有的牛吃的是中草药，喝的是矿泉水，挤出来的奶鲜香得让你喝完一杯想下一杯。夜里，在大山间里搭个帐篷，满天星星和萤火虫绕在你身边，像梦幻一般。而清晨，一轮朝阳从云海中升起，让你觉得如神仙样高踞在天上。你如果没去过，一定会后悔的！

其实，他们三位是一起去旅行的，而感受的差异，却大得让他们几乎争吵了起来，通过听他们的争执与相互嘲弄，我大致理出了一个脉络来。

三个人虽然是一同旅行的，但过程却完全不一样。朋友甲到了那里之后，就邀约同好一起打麻将去了，这是他唯一的爱好，无论在家还是在名山大川，这点爱好都一点没变，因而，他的关注点和记忆，都与麻将有关。对他来说，旅行，无非是换个地方打麻将而已。

朋友乙是坐缆车上山顶的，他记忆中的风景是遥远而高高在上的，缺乏过程与细节，而且，由于没有付出必要的体力，因而，他所获得的感受，也过于平静客观，仿佛置身于风景之外，像在看一幅画，缺少质感、温度和气息。

朋友丙是个驴友，背着他那装着相机、睡袋和帐篷的大包，沿石阶一步步走到了山顶，眼中看到了所有风景的细节，感受到此处与别处的不一样，而且，因为有包括饥渴、疲倦等负面感受的刺激，从而对香甜、愉悦、清新等正面知觉感受更深。他眼中的风景，是全方位的天人合一的属于他的独特感受，与由别人设定和安排的旅行，完全不一样。

想到这里，我恍惚觉得，其实，人生本身就是这样一次旅行，有人永远待在原地，过着机械重复的简单生活；有人坐在缆车上飞来飞去，遥远而飘忽地活着；有人脚踏实地，以平静的心态，去体会属于自己的喜怒哀乐，把酸甜苦辣，都当成必需的一种体验，去品尝和咀嚼丰厚的余味。

所有的人生都只有一个结局，就是死亡，如同登山或旅行最终都会有一个目的地那样。但目的地和目的地真的就一样吗？相信所有人的答案都不尽相同。

每个人都在羡慕别人的人生

不久前，一位朋友对我讲，她去参加了一次同学会，她们班唯一一个拥有数千万身家，据说高档轿车可以组成一个车队的赖君从百忙中抽出时间光临，并独家提供赞助，请大家在当地最高档的酒楼吃海鲜。

酒桌上，龙虾、血燕、鱼翅捞饭一应俱全，当然也少不了大家在听了各种菜品价格之后的惊讶和对赖君的富裕与慷慨的赞叹。但同学们却惊奇地发现，赖君也正以羡慕的目光看着他们享用饕餮大餐——因为他患了糖尿病、高血压和痛风症，桌上的东西没有一样可以自由地吃。

又想起另外一个例子：在我以往工作的单位里，有一个漂亮的女同事，她立志要嫁个有出息的男人，事实上她嫁的丈夫是当地最年轻的副县级干部，并一路顺风地继续进步着。那位年轻漂亮的女同事在人们的赞叹和艳羡的眼光中快乐地生活了几年，却突然变得不快乐了，因为年过 30 的她一直没有小孩。为此，她在全国各地接受了数十次的穿刺、透水、腹腔镜之类的手术。但最终还是没有实现当母亲的愿望。她说："有时，我甚至羡慕那些抱着娃娃在街上乞讨的流浪女人。"

其实，羡慕乞丐的远不止她。还有一个兄弟，前些年误打误撞买彩票中了 500 万元，消息不胫而走，亲戚朋友三乡四邻八竿子打不到的人都来借钱，有的甚至称要用武力。最后逼得他离开故乡，跑到大城市里隐姓埋名。他所爱的老家那几棵大榕树以及榕树下养育了他家世世代代的冒着炊烟的老屋都只能在梦里出现了。这期间，他和自幼生活在农村的老父老母对大城市拥挤而陌生的环境充满了憋屈和无奈情绪。他甚至担心身后随时会出现一个举着杀猪刀的人来分享他的意外之财。从那一天起，记忆中那个乐观坦荡的小兄弟不在了，而代之的是谨小慎微甚至有些小气的陌生人。在他眼里，每个人找他似乎都是冲着他那几百万元奖金来的。他也因此开始失眠，以往不请自来的瞌睡居然从此不再光顾他。有一次，他血红着眼睛对我说："有时，我真羡慕那些在街边倒头就能睡着的乞丐。"

也许你一定会笑我用极端的例子来注释自己的观点。在这里，我绝无将财富和地位与快乐对立起来的意思。我只是想告诉大家，发现并拥有自己的幸福是非常重要的，每个人都有别人所羡慕的东西。

富翁有少年羡慕的房子、车子和财富；少年有富翁羡慕的年轻体魄、如火的激情和飞扬的梦想。白领女强人拥有下岗女工羡慕的名誉、地位和收入；而下岗女工则拥有白领女强人所羡慕的准时回家吃饭的老公和一锅汤就能营造出的温馨家庭气氛。我曾经亲耳听一位开宝马车的女老板说："我和老公办完离婚手续那天，独自开车在街头闲逛，看见一位搬运工推着板车，板车上睡着他的妻子，一个脸上脏兮兮却有幸福笑容的胖女人。那一刻，我的眼泪夺眶而出。当时，我多么希望自己就是那个女人啊！"

苦难人生中的那颗草莓

在许多人看来，快乐的程度与金钱的占有量成正比。钱越多的人越快乐；钱越少的人越不快乐。而穷人，基本上没有资格快乐，快乐已成为有钱人的专利。

我承认，有物质和经济基础支撑的快乐更可靠，但并不能因此就说，快乐是有钱人的专利，因为衡量快乐的参数并不仅仅是一个"钱"字。如果是的话，那些因抑郁而跳楼的大明星或有钱人的举动便难以解释。钱可以为人们的生活提供便利，使之更容易接近快乐，但并不是起决定作用的。而穷人谋生的手段也许更艰难些，他们离快乐也许更远些，但并不因此就与快乐绝缘。以下是我这一两年见到过的一些人寻找快乐的例子，至少部分可以证明。

我印象最深的是几年前采访垃圾山时见到的一个放风筝的男人。他是垃圾山上捡垃圾的，每天收入多则十几元，少则两三元。但这并不妨碍他捡完垃圾之后拿着自制的风筝到垃圾山顶上去疯跑笑闹。他也因此与他那些蓬头垢面整天为垃圾而争抢和算计的同行不一样。他站在垃圾山上，对天上飞翔着的风筝展开的笑容是发自内心的，像阳光一样灿烂。

在我上下班的必经之路上有一座桥，成都人称它为二号桥。

人生是一场无人相伴到底的旅行

我每晚十点从桥上经过都会看到三个年轻小贩在路灯下玩扑克。他们的身后放着三辆自行车，车上的家什表明了他们的身份，一个是卖爆米花的，一个是卖甘蔗的，一个是卖花的。在城市里，他们的谋生格外的不易。但每晚他们就像归巢性能极好的候鸟，总会来二号桥头，蹲在地上打一个多小时的"斗地主"，然后各自回自己的暂住地煮饭炒菜，乐此不疲。以往我以为他们是住在一起的老乡，后来发现不是。他们总是从不同的方向来，朝不同方向去。每晚一个多小时的小聚，成为他们在城市里奋斗时难得的小憩。他们蹲在桥头旁若无人地玩着说着笑着的样子，让很多从他们身边走过的人羡慕。

我每个星期都要离开成都回老家去小住两天。在回家的班车上，时常会遇到一个很奇怪的农民，他每次都在半路的一个小镇上车，手中端着一只大锅，用保鲜膜包裹着，但仍时时发出一股股诱人的香气，一闻便知是火锅鸡或香辣蟹之类好吃的东西。他总是在上车半小时后，车开到一条乡村小道口的时候下车，小道连着远处一座梨花繁茂的农家小院。他就端着那一锅从镇上火锅店里买来的美味，像个打胜仗的将军，豪豪壮壮地往家走。屁股上挂着的一串木工工具发出叮叮当当的响声。想象得出，过不了多久，在那美丽的梨树下，会扬起怎样欢快的香气和笑声。

同车的人中有知道他情况的，说他是个木匠，家里很穷，到一个寡妇家做了上门女婿。老婆去年出车祸，瘫在家里，他就到镇上去打工，每周末回家，总要端一锅老婆爱吃的火锅回去。

他回家的时间大多与我重合，我在车上多次碰到他，和他的火锅。尽管他的头发已经花白，脸上的皱纹上也镌刻着太多的苦难，但他在端起火锅踏上回家那条乡村小路时，脸上闪出的笑容却是会心的。

这些年，我还见过同骑一辆电动自行车，把音乐放得山响的民工夫妇；每天中午在树荫下张着嘴甜甜做梦的三轮车夫；还有在河边花园里互相教跳舞的打工仔和打工妹……

有一个佛教故事说：人生如挂在悬崖上的枯藤上，下有猛虎追逐，上有老鼠正在咬藤。而此时，挂在藤上的我们，忽然发现手边上有一颗又红又甜的草莓。

每个人的手边都有一颗这样的草莓，只不过看你愿不愿意摘而已。

不要让别人控制了你的快乐遥控器

我和女儿小美坐在客厅地板上看电视。电视里放的不是小美喜欢的"天线宝宝"，她于是很不情愿，老是想把遥控器抢在自己的手上，她知道，只有那东西可以改变电视上那些她不喜欢的节目。

如果在平日，我一定会迁就地把电视换到她要的台，但此时屏幕上正在播放的内容与我今晚必须完成的工作有关，我也只有忍痛和女儿抢起电视来，把遥控器高高举过头顶，让她够不着。这时，小美就使出她的撒手锏：哭。很伤心很伤心地哭，伤心得足以让任何一个想当合格父亲的爸爸都不忍心坚持。于是我赶紧换到那四个活蹦乱跳的胖胖小宝宝频道，小美顿时破涕为笑，尽管泪水还挂在眼角上。这时，遥控器与其说是控制着电视，倒莫如说是控制着小美的情绪。

我觉得挺好玩，于是又换台，小美马上就哭，换回来，她立马又笑。

这时，我手中的电视遥控器，其实就成了控制一个三岁小女孩快乐的遥控器，一个通向快乐的阀门。

这让我想起前一段时间看过的一部美国电影《人生遥控器》，讲的是一个在生活中找不到存在感而疲于奔命的建筑师得到了一个万能遥控器，它不仅可以控制一些家用电器，还能控制家里狗狗叫声的大小，更厉害的是，要是老婆在一旁絮叨没完的话，它还可以直接让其"静音"；工作时只要按一下"快进"，他就可以马上回家；做错事时可以"回放"，让自己回到过去重头做起。有了这台神奇的遥控器，迈克尔的生活似乎变得惬意且自如。可是好景不长，万能遥控器失去控制，迈克尔的生活便被这发疯的遥控器搅得乱七八糟。

这个成人童话般的故事，让许多人在笑过之后都免不得要叹息，人生哪有这样的遥控器啊？

其实在现实生活中，很多人都有这样一个遥控器，它直接控制着人们的喜怒哀乐——喜欢权力的，权就是；喜欢钱的，钱就是；喜欢音乐的，音乐就是；爱一个人的，那个人就是。这些东西虽不至于像电视遥控器那样让三岁的小孩在眨眼之间或哭或笑，却能够让某些成年人在一段时间，甚至一生都快乐或痛苦。

我曾经遇到过一位离休的老人，至今还在痛恨 30 年前把他级别定低一级的上司，每说一次，就牙关紧咬，伤身伤心。另一位作家朋友，视作品的发表为人生的唯一快乐，每有编辑告之其书要出时，他就欣喜若狂；而过一段时间，又传出要"黄"的消息，他便气血攻心，在医院住了四十几天。还有一个女孩，爱上了一位帅哥，帅哥对她好一点，她就花容灿烂，快乐非凡；而帅哥一对他冷淡，她就失眠憔悴，生不如死。还有一位母亲，视儿子为自己快乐的唯一源泉，儿子说要回家吃饭，她就高兴得手舞足蹈唱着歌炒菜做饭；而一旦儿子因事不能回家，她则顿时像泄了气的皮球，又恨又气，吃不下饭……

这样的事例还有很多。从这些人和事中我们可以看出，我们其实是将自己快乐的遥控器，放到了别人手中，让别人来控制我们的情绪。渐渐地，我们就成了失去自我的傀儡，被一根根无形的线拴着，心不甘情不愿地过上别人为我们设计的生活。

想到这些，我手握遥控器的手，不觉已被冷汗湿透。

我索性将遥控器塞进小美的手中，将欢笑彻底还给她。我希望她从此以后，能够把快乐的遥控器，永远握在自己的手中。

错的地方未必没有对的风景

一位多年前的同事通过 QQ 告诉我，当年我们供职的那家小电厂倒闭了。对于这座从画蓝图开始就已经落伍，最终证明只让一小部分人发财而让国家和更多工人受损的企业的倒闭，我是不感觉意外的。这种结局，似乎在 14 年前我离开那里时，就已清晰地看到了。

即便如此，我的内心仍有一种怅然若失的感觉：毕竟，我在那里待了七年，那几乎是我的整个青春。那里有过我的孤独、绝望和失意，也有过我的激情、冲动与喜悦。我甚至这么认为：如果没有那段生活，我的生命记忆会更加浅薄轻飘；我的生活，会少了更多的积极元素。

虽然，在当时我并不那么认为，特别是在那些娱乐只有赌博，文化生活只有黄色录像，每月工资买不够下月的饭票，很多时候只能待在空寂的夜里听自己心跳的岁月，我决不这么认为。我当时一直感觉自己走在一条错误的路上——这路上的一切，本来与我无关，是命运强加于我的！

古人说："男怕入错行，女怕嫁错郎。"这两种错，是人生最苦恼的事。而在很长一段时间里，我都认为这种灰暗落寞的生活，就是我挣不脱的命运。我以一种近乎自杀的方式，沉溺于赌博和暴饮暴食暴睡的萎靡生活中，短短几年，由一个 50 公斤的芦柴棒变为 80 公斤的橄榄球，身心俱疲，了无生趣。体重最重的那一年，我 23 岁。

上夜班时，我们一群来自天南海北年纪各异的工人围坐在电炉旁，煮茶烤面包，聊天聊地聊神仙妖怪。我至今的写作题材，还有很多来自那几年的围炉夜谈。其中有一个故事，甚至起到了改变我人生道路的作用。

故事是一个来自青海的老工人讲的。他说：20 年前，我跟单位的车去出差，因为路不熟，我们走到了一条最差最难走的路上，一路颠簸溜滑，冷饿难挨。我和司机一路相互抱怨，把心中的不满与烦躁往对方身上发泄，彼此都极度不爽。但这条令我们绝望的错路，却把我们拖向了最美的风景前——在路上，我们碰到两个投亲不遇走错路的女子，我们载着她们往前走，两天的交往，使她们决定成为我们的妻子。我们两个光棍，在错的路上，找到了属于自己的生活。一晃 20 年过去了，我甚至认为，那条错路，是老天爷专门替我们安排好的。

老同事讲得很随意的故事却深深地切中了我的心，让我心中有一股力量蠢蠢欲动，我开始用这个故事安慰甚至鼓励自己：挺住，错的地方未必就没有对的风景。

换了一种心态后，我发现以往冷清得想咬人的业余时间，其实是许多人求之不得的学习时间；我那屡被人当笑话的赌技和酒量，似乎是老天爷在催促我去干别的事情。我开始用一种在"错误的地方找寻正确的风景"的心态认真面对生活，并以此与另外几个和我一样迷茫绝望的同事共勉，得到了他们的认同或嘲弄。

几年后，认同我的同事，一个自学考取律师证，冲出山去了。另一个自学计算机，到另一家效益好的单位工作了。而另两个对那个故事嗤之以鼻的，一个吸毒死了；另一个酒醉后趴在工作台上，被自己的呕吐物呛死。他们俩，一个弹得一手好吉他，一个画得一手漂亮的钢笔画。他们一直为自己走错了地方而耿耿于怀。

不久，我也因为这些年写的一些作品而被一家电视台聘为编辑，这虽然只是自己另一段曲折人生之路的开始，但我仍是以快乐而欣慰的心态去面对的，因为，在这段错路上，我也像故事中的老同事们那样，认识了我的妻子，有了我的女儿，她们，成为我发自内心感到快乐和幸福的源泉。

每个人都是一颗石榴

　　一群十多年未见的儿时伙伴因为一个偶然的由头而相聚。像所有类似聚会一样，大家都衣着光鲜满面春风地来赴会，半真半假地喝酒吃饭，半荤半素地聊天，彼此感觉既熟悉、又陌生。大家聊得最多的无非两个话题：一个是当下的事业发展及家庭状况；一个则是当年谁喜欢过谁、谁是谁的梦中情人。聊前者的目的，无非是忙中偷闲为自己这次聚会找点剩余价值，看看是否能将旧友变成新资源；而后者，则多半是中年人聚会特有的一个节目，大家在半真半假的笑谈中，想寻找出一些自己曾经年轻过的证据，来安慰自己日渐衰老的身心。

　　所有人的生活都是那样的美满甚至幸福。经商的，日进斗金；从政的，年年有进步；健壮的，依旧健壮；可爱的，依旧可爱。大家像电视台选秀大赛中的才艺表演那样肆无忌惮地秀着自己的幸福。在热烈而欢乐的气氛中一醉方休。

　　冰小姐作为聚会的一员，虽然也秀过自己作为一个营销经理每年都超额完成任务、年年都升职加薪的骄人业绩，但她觉得自己是聚会中唯一一个不快乐的人，因为此前几天，她刚结束了自己的第二次婚姻：她的丈夫——那个她深爱着并愿意为之做一切事情的男人，为了一个打工妹而离开了她。这事几乎让她想选择去死，她是内心挣扎着去参加聚会的，在一片欢声笑语中，尽量掩饰自己的愁容，展示着自己美丽开心的一面。周围欢快的气氛与她格格不入，她喝了很多酒，回到空无一人的家时，突然感到异常的绝望。她觉得此刻的自己，是世界上最伤心最落寞的人。

她拿出手机，拨通了闺密小芳的电话，小芳是她唯一的倾听者兼心理劝导者，如果没有她的倾听与安慰，冰内心也许早就四分五裂了。

小芳也是聚会参与者，也喝了不少酒，她们在电话里聊了很多，也许是酒精的原因，小芳今天的声音也并不像平常那么温柔和理性，在醺醉的状态下，她反客为主，向冰倒起了自己心中的苦水：结婚十多年了，她一直未育，表面上讲是要当丁克夫妻，私底下不知找过多少医生，吃过多少药，打过多少针，吵过多少架，她的丈夫，也是聚会参与者，他们在大家面前展示出的相亲相爱，曾让冰羡慕得牙痒。

小芳对冰说：你不要把自己当成世界上唯一一个遭受痛苦的人，其实每个人都像一个要烂掉的石榴，外表油亮鲜艳，内心却伤痕累累。就拿今天聚会中级别最高的王县长来说吧，他的母亲得了老年痴呆症，他是个孝子，为了母亲的病几乎牺牲了所有的休息时间，他看起来也有些心力交瘁的感觉；开奔驰的阿彭，前段时间和妻子离婚，妻子找了律师团，要将他的公司拆分；始终笑呵呵的老刘，就是我们都羡慕他健壮的那个，前段时间他的妻子下岗了，他正焦虑着为她找工作；而一直要宝讲笑话的老邹，前段时间借钱炒股被套，险些喝了百草枯。

其实，每个人心中，都有一些不与人言的伤痛。老天爷像给物体以影子一样，将幸福与不幸同时给了我们。

小芳最后幽幽地说了一句。

不知是酒精渐渐挥发，还是小芳的话起了作用，冰突然开朗了许多，卧室也不再显得那么空旷和绝望。她发现，以往，她只看见自己的不幸福，并把自己当成世界上唯一不幸福的人那样地顾影自怜，是多么狭隘和愚蠢的事情。既然肩膀是老天给的，那么担子也自然是老天给的。她现在能做的，便是珍惜自己被别人赞美和羡慕着的一切，然后以此为药，去疗治自己的伤。

就在她想通这一切的时候，她的手机响了，不看号码她也知道，一定是那个聚会时说起少年时代的她时眼睛里闪过一丝忧郁的男人打来的，他多年来一直单身不结婚，大家都不知道原因，只有她知道……

快乐的几重境界

回想我已过的前半生，快乐的感觉有过，但不太多。这主要因为我是一个不善于感知快乐的人。书上说：快乐其实就是一种主观感受。而我的主观感受，对痛苦的灵敏度显然更高。因此，我 36 年的人生中，感觉总是苦多于甜，郁闷多于快乐。

但可喜的是，正是因为发自内心感到快乐的时间很少，因了物以稀为贵，反使它显得更珍贵起来。

我人生中最早的快乐，是与家乡的土特产烧腊鸭子联系在一起的。这种经晾晒之后下卤锅煮得喷香的美食，曾是我少年时代许多美梦的根源。无奈当时家中贫困，父亲一个人要养活全家四口，他的全部工资，至多能买十多只鸭子。但问题是，生活中比鸭子更重要的事情还很多，比如油盐柴米，比如学费电费。因此，我能如愿吃到鸭子的周期有时是一个月，有时是两个月。而每一次吃鸭子，对我来说都是快乐的。我用一个少年能够体会到的最高级别的快乐，盼望并体会到那一小块一小块香嫩滑腻的尤物由嘴入心并成为深刻记忆。以至于在很长一段时间内，我的理想是长大挣了钱，把鸭子吃够。

这个理想，曾让我从一个伶仃少年最终变成了一个满身流油的胖子。

年纪稍长，对快乐的需求层次也渐渐提高。这时的我开始喜欢阅读。而可怕的是，书的价钱比烧腊鸭子还贵，对于我来说也更奢侈，更遥不可及。母亲曾卖过米票，为我买书。但比之于我近乎疯狂的阅读量来说，此举像是往河马嘴里放芝麻，很难让我满足。以至于在我读初中到高中的六年时间里，常常梦见自己身穿夜行服，潜入新华书店去砸橱窗玻璃……

而就在这时候，一场从天而降的快乐来临了。我邻居一位老爷爷病逝，他的儿子将他遗留下来的上百本书都送给了我。这些书，老人生前碰也不许别人碰，已让我垂涎久矣。那天，得到两麻袋书的我，那份快乐和高兴劲，差点惹得死者的家属们误以为我幸灾乐祸而揍我一顿。

青春时期的快乐很无聊也很莫名其妙。这个阶段的快乐，大多与爱情和异性有关。有时，是与某位心仪的女孩通了几分钟电话；有时，是某个异性同学在毕业留言上留下的几句似是而非的诗句。像所有小青年一样，这时候的快乐与痛苦是孪生的。它十分钟之前可以让你欣喜若狂抱着椅子跳舞；十分钟之后则大可以让你沮丧得想上街去砸垃圾筒……

因此，这个时代的快乐，大致是正负相抵，留不下太多记忆的。

之后，生活便归于平静。快乐也成为生活中众多滋味中不易辨别出来的滋味。它就像川菜中的糖，不是独立存在着的，而是夹杂在众多的味道之中，很难让你单独品味其中某一种感受。婚姻、事业、生儿育女等人生事件，也就是这样一道道的菜。谁也不能也不愿把其中的某一种滋味拎出来单说。我们的人生也由最初的简单清晰甚至单调，发展到复杂沉重、一地鸡毛。我们的快乐，也不仅仅系于某物或某人，快乐的沸点燃点也高了许多。很多人会因此而变得彷徨，甚至无所适从。有的人，甚至会因为一时的受挫感，而对生活感到虚无甚至绝望起来。在这一点上，我们成年人并不如小孩子们。往往一个小玩具或一部电影或一张CD，就会让他们快乐很久。

　　如今，我对快乐的认识又有些改变，我觉得，人的最大的快乐，不在于得到了些什么，而在于一种解脱。能从一种不愉快的状态下挣脱出来，就是一种最高级别的快乐。比如从一桩恼人的婚姻中抽身而出；比如从一个令人痛不欲生的工作中挣脱；比如在内急得近乎疯狂的时候找到厕所。这时的快乐程度，与你所挣脱的痛苦的严重度成正比。孙悟空从五指山下挣脱时上蹿下跳的快乐劲，便是最有说服力的一种写照。

　　这让我想起我能忆起的最近的一次快乐事，那便是昨天半夜，我在忍无可忍的情况下，起床用抹脚帕将楼上邻居的空调排水管堵住了。这也使得我从扰我清梦半月之久的滴水声中解放出来，快乐而安谧地睡了一个好觉……

人生的自助餐

我不止一次听人说："自助餐是一种诱惑人展示本性的就餐方式。"他们以亲身经历或亲眼所见的例子作为依据，来论证这句断语的合理性。

对于部分同胞在自助餐上的表现，我是有所领教的，包括我自己在内，在一种敞开供应的状态下，在"少拿就是吃亏"的心态支配下，或多或少地干过一些丢人的傻事。我曾亲眼看过一位朋友因为吃自助餐而胀出胰腺炎，险些死在医院里；也看过一个胖女人为了和别人争盘里的最后一块牛排而大打出手……

以上这些场景，足以证明"自助餐诱发人的丑恶"这一论点，并让人产生哀其不幸恨其不争的痛感。在很长一段时间里，我也是这么认为的，直至某一天与一位老前辈喝茶聊天，听他一席话之后，观点才有所变化。

他说：人们在自助餐面前的种种丑陋表现，从根本上还是一个认知与见识的问题。打个比方，如同久饿的乞丐，某日被餐厅老板免费款待，是绝对顾不了吃相的。用手抓、用衣服包，用尽可能直接的方式争抢。究其原因，是因为乞丐们饿久了也饿急了，不知道这免费的午餐能供应多久，因而疯狂地争抢，将饥饿记忆留下的恐慌发挥得淋漓尽致。

人生是一场无人相伴到底的旅行

一旦老板宣布：大家别急，免费午餐将一直进行下去。这句话就可以从根本上解决乞丐们的焦灼，他们也渐渐开始有了饱肚子以外的其他愿望，如喝杯酒，洗洗手或抹抹脸，换件干净衣服，并最终开始注意自己的吃相。这是一个绕不过去的过程，你不能凭着人们最初在懵懂和焦虑状态下的表现，来下结论。一切改变都是需要时间的。巴黎现在漂不漂亮时不时尚？但 300 年前还是遍地跑猪鸡飞狗跳臭不可闻呢。

老前辈的话并没有讲透我心中的疑问，但却给了我一个看似不相干的启示，我发现，他的这段话用来说自助餐，倒莫如说是在说人生，或干脆可以说人生就是这样一场自助盛筵。

从出生那天起，我们就来到这样的一个大餐厅里，这里酸甜苦辣麻，各样口味一应俱全。财富、名誉、友谊、爱情等像各种各样的大菜，一道一道摆在我们面前，我们似乎也像故事中那些乞丐一样，凭着自己的欲望自取。往往在这个环节多数人是疯狂而盲目的，大家在饥饿感的支配下，不顾仪容和姿态，只是尽可能多地往自己盘中抢，唯恐迟了少了而吃亏。这样的结果是很多人付出巨大的心力和体力，揽下了一大堆自己用得上或貌似用得上而事实上却无用的东西。有的人甚至会被欲望和愿望所伤。

任何好东西，一旦过量之后就会变得有害。古印第安人是明白这个道理的，他们只取自己需要的猎物和水，而不会无休止地向大地索取。而现代人却并不明白这个道理，他们总是以超出自己需求量的份额索取自己需要的。

多数人会停留在人生自助餐的第一个层面，抢夺、挣扎，恐慌、焦虑地被自己的欲望支配着，被超量的食物折磨着，吃相难看，心态纠结地活着，把生活当成是一种痛苦。

　　另一部分人，会渐渐明白自己想要什么，需要的量有多大。于是可以安定平和地取自己想要的那一份，酒至微醺、身心不疲地享受属于自己的那份美食，并从中获益。这是一种提高了的境界，将生活过得像生活。

　　而还有极少数的人，明白人生的真谛，他们会换上干净漂亮的衣服，优雅地选择自己需要的，然后在柔美曼妙的音乐中，细细品味那份恬淡的幸福。这样的人，就把生活变成一种艺术了。

死神的账单

深夜，危重病房里，癌症患者迎来了他生命中的最后一分钟。不管他愿不愿意，死神都如期来到他的身边。

尽管在此之前，已经有 1000 种以上的死神形象在他脑海中闪现过，但这一刻，他仍然恐惧万分。隔着氧气罩，他含糊地对死神说：再给我一分钟，就一分钟，好吗？

死神问：你要这一分钟干什么？

他说：我要用这一分钟，最后一次看看天，看看地，想想我的朋友和敌人，或者听一片树叶从树枝上飞落到地上的那一声叹息，运气好的话，我也许还能看到一朵花儿由闭合到开放……

死神说：你的想法我决不能答应你。因为这一切，我都留了时间给你欣赏，但你却没有在意，更谈不上珍惜。在你的生命中，我从来没有听过你像今天这样珍惜这一分钟。不信，你看一下我给你列的这一份账单。

在你 60 年的生命中，你有一半时间在睡觉，这不怪你，这30 年权且算是我占了你的便宜。

在余下的 30 年中，你曾经叹息时间过得太慢的次数一共是1 万次以上，平均每天一次，这其中包括你少年时代在课堂上，青年时期在约会的长椅上，中年时期下班前和壮年时期等待升迁的仕途上。在你的生命中，你几乎每天都觉得时间太慢、太难熬，你也因此想出了许许多多排遣无聊、消磨时光的办法，其明细账大至可罗列如下：

打麻将（以每天两小时计），从青年到老年，你一共耗去了6500小时，折合成分钟是390000分钟。

喝酒，每顿以一小时计（实际远非这个数），从青年到老年，也不低于打麻将的时间。

此外，同事之间的应酬，看足球联赛以及各种电视剧，拿着一张报纸出神、吐烟圈，对张三说李四的坏话，对李四又说张三的坏话，又耗去你不低于麻将和喝酒的时间。

除了这些，你还无数次叹息生命的无聊空虚寂寞。为此，你还强拉邻居、同事或下属打麻将、扑克，甚至强抢小孙子的电子游戏。后来，你还学会了上网聊天……

你还和人煲电话粥。没事上街闲逛，在马路下看人下象棋，一支招就是数小时。

你还读了许多无聊的书……

还有……

死神想继续往下念的时候，发现病人眼中的生命之火已经熄灭了。于是长叹了一口气说：如果你活着时，能想着节约一分钟的话，就可以听完我给你记下的账单了。真可惜，我辛辛苦苦的工作又算白费了，世人怎么都是这样，总等不到我动手，就后悔得……死了。

每个生命都是有知觉的

在公园小得可怜的鱼池里，一个小男孩正拿着渔竿在钓鱼。或许是对池里被污染的水有充分的认识，管理员们并没有制止他。于是，他很轻快地一面钓鱼一面嚼爆米花，这两个动作使他觉得非常快乐。

池中的水实在太脏了，有烟蒂有泡沫饭盒还有泛着油光的回锅肉。在池边的杂草丛中，一只死老鼠肚皮朝天，像一个将破的皮球。

小男孩仍在钓着。尽管收获不大，但他仍然坚持着。终于，有一条鱼咬钩了，他飞快地拉起来，鱼钩上居然挂着一条小鱼，天知道这条坚强的鱼的父母是凭着什么样的毅力在这里繁殖了它，它又是凭什么样的顽强在这里存活到今天。

和所有的钓鱼人一样，小男孩并不因为鱼很小就不高兴。他非常快乐地笑了，想把鱼取下来放进玻璃瓶中。但在做这个动作的时候他犹豫了，他知道这条鱼很有可能是自己今天下午唯一的收获，他不愿意就那么短暂地消费了他的喜悦。于是，他将渔竿又甩了出去，让鱼钩上的鱼儿又体会了一次脱离水面的恐慌。之后，还不过瘾，又一次，再一次，还一次……那条可怜的小鱼因为一次错误的咬钩行为，给自己带来了数十次与水诀别的惨痛。

而小男孩尽管只得到一条鱼，但他体会了数十次的收获乐趣。

这个举动让旁边的一位老者看不下去了，他说：小朋友，别玩了。

小男孩没理他。也许是他玩得正高兴，没听见。也许是他出门之前父母告诉他，外面坏人很多，不要和陌生人说话，于是装没听见。

老人又走近两步说：别玩了，它疼。

这次小男孩听见了，他扬起头，脸上汗晶亮亮的，他说：它怎么会疼呢？

假如给你的嘴上挂个铁钩，反反复复扯几十次，你会疼吗？

小男孩想了想，觉得有理，但又有些不愿在陌生人面前服输，就说：疼是人的感觉，它怎么会知道呢？

老人说：你看过剖鱼吗？

看过。

看见过它们身上的血吗？

看过。

看过剪刀剪开它们的嘴巴时它们痛苦的抽搐吗？

……

看过它们把油锅里的油当成水，最后一次翕动嘴唇的眼神吗？

……

你能告诉我，你觉得它们是不是感到痛苦？

小男孩不再作声，他看看鱼钩上缓缓挣扎的鱼，开始有了不安的感觉。

老人抚着小孩子的头说：不要因为它们没有惨叫没有呻吟没

有哭骂就认为它们没有痛苦。每一个生命都是有知觉的，哪怕是地上的小蚯蚓，山里的樱桃树，它们都是有知觉的。只是我们许多人不知道而已。也正是许多人不知道，才使得所有生灵的痛苦都被漠视，才使得人类对花对鸟对虫对野生动植物甚至对人类本身的生命都熟视无睹。要知道，无论什么生物，它存在于这个世界上只有这么一次。

不是可以克隆吗？

我说的是创造，不是复制。时至今日，在这个地球上，还没有谁能用生命以外的方法创造出哪怕是你鱼钩上那条小鱼那样的生命。但所有的人，却可以用任意一种方式，将它们毁灭……

小孩子彻底不语了。他将鱼从鱼钩上取下来，轻轻地放进水里，鱼像一片柳树叶，直直地横在水面上……

老人蹒跚着走了。孩子丢下渔竿，也走了。在往回走的路上，他突然觉得他遗留在水池边的渔竿很可能被另一个小孩子拿去，再钓起另外一条小鱼，于是又跑回去，将渔竿拿走，甩进了一条很深很深的水沟里。

从这天起，他懂得了生命是有知觉的。尽管为此他少了许多乐趣，甚至还可能增添了一些顾忌，但他从没怨恨过那位老人。因为他知道，是他让自己懂得了，生命只有一次，他应该笑着品尝这一次当中的所有喜怒哀乐。

被耻笑逼出来的人生选择

邵兵移民到加拿大之前和我有一次彻夜长谈。这位我早年在一家地级市广播电视局工作时的同事，拥有的资产在八到九位数之间，是我认识得不多的一个称得上富翁的人。

那晚照例是他喝酒我喝茶。我们在一起，喝什么都能进入一种坦诚状态，包括资产之类的私密话，他也从不忌讳。

这天夜里，他喝了很多酒，也说了很多话，其中最让我记得住的，是他主动披露的发家秘籍——这是我们大伙一直想知道而他一直缄口不提的。

他说：你还记得我们一起打台球吗？往往有许多种线路选择时，球不容易进。而所有可能性被堵死了，只留唯一一条险路时，反而容易进球，这就是逼出来的选择。

当初，我在广播电视局上班就属于前者，无论是新闻业务能力还是创收能力，以及和主要领导的关系都是非常好的，这也就决定了我把眼光定在了当副局长这个现在看来有点像是个笑话的目标上。我所做的一切，都是以此为目标。而事实上，整个局的几十个中层干部，包括那几个老副局长在内，都没有我能力强。我这个梦想就像推磨的驴子面前挂的胡萝卜，时远时近地引诱着我一步步往前。如果离得太远，我就根本断了念想，而到嘴之后，也许就没有后面的故事，我可能到现在还坐在副局长的办公桌前呢！

但生活的滑稽也就在于此。当时的局长，一心想把事业做大做强，急需能人为他助力，而那几位背景和资历、年龄都很占优势的副局长，能力却不够，很多事不能干也不愿干，于是跃跃欲试且工作能力强的我，被当成了当扫帚的重要人选。为了便于工作，局里给我内定了一个享受副局级待遇的头衔，因为你知道，有时出门办事，没身份是很尴尬的事情，许多地方就是讲个对等。

这个内部副局级的头衔，小小地满足了我的虚荣心，但同时也惹来了一些麻烦。局里传闻，咱们局有个什么邵局长不？到处招摇过市，也不觉得丢人。这些传闻，最初从不满我的几个副局长开始，一直传到上级有关部门领导的耳中。大家把这事当一个笑谈，并实实在在影响到我的发展。当大家都用异样的眼神看我时，我知道自己的所有角度都已被封死了，在那个体系里，落下这样的印象和名声，也就基本宣布完蛋了。

在万念俱灰的情况下，我选择了去一家私营企业，那位老板与我合作过，知道我的能力，而我对他的人品和发展理念，也有信心，以往他就请过我，而我就是因为那个若有若无的胡萝卜，拒绝了。

经过十多年的努力，公司终于成为一家大财团愿意收购的优质企业，我多年来收入所持的股份也以数几十倍的溢价变现，成为一笔令我震惊的数字。而我自己，也为当年为了当副局长所做的一切，感到脸红和羞愧。我感谢当年耻笑过我的所有人，是他们当初逼了我一把。

■ 第二章

生命是一场无人相伴到底的旅行

对于土和花来说，赞美和责骂是无意义的。

就像路对于我们的脚没有记忆一样，

天空没有留下翅膀的痕迹，却见证过数不清的飞翔……

生命是一场无人相伴到底的旅行

我很喜欢电影《千与千寻》中的一个场面：在浩瀚无边的宁静水世界中，千寻坐在一列夜行火车上，从一个车站到另一个车站。天空中繁星点点，大地上，无边的水和看不到头的铁轨，通向比铁轨还遥远的未来……

我以为，人的一生，就是这样一列火车上的一次旅行。

通常，我们是从医院这个站台走上人生这趟列车的。这个迎来新生命，送走老生命，连接生与死，纠集欢乐与悲伤的地方，很像迎来送往见证悲欢离合的车站。

接生员一双温暖的手，将我们接引到这个世界上。

其实，这时的我们感觉和知觉是有限的，因为这种局限，我们忽略了车厢里为我们诞生而奔忙的人们——手术台上忍住剧痛的快乐的母亲；手术室外扯指头焦急等待的父亲；屏住呼吸，大气不敢出的医生和护士；还有病房外准备尿布、小衣服的奶奶和不知该买手枪还是蝴蝶结的心急爷爷。

这些是我们最初的旅伴。他们中的多数人，将在我们人生的车厢中，陪我们走很远的路程。

之后的几十年，我们的车厢里，会来来往往进进出出各式各样的人。从让我们心动的邻家小妹到专抢我们糖果和玩具的大胖哥哥；从托儿所的阿姨到学校门口卖糖葫芦的白胡子老爷爷；从小学爱给我们讲童话故事的女老师到中学课堂上那位眼镜里能闪出寒光的数学老师；从那个让我们半夜起来弹吉他的美丽女孩到终于让我们想有一个家想要一盏灯的温柔女人……

然后，在下一个车站，我们迎来了长着和我们类似眼睛鼻子和耳朵，甚至和我们有着相同的搞怪或忧郁表情的儿子和女儿。在同一个车厢里，我们经历着同样的春夏秋冬。在看着他们成长的快意中，品味着我们渐渐老去的忧郁。

当然，也还有更多更多的人与我们在同一个车厢里往前走着。他们有的是我们的知己，好友或同事，陪我们走很远很远的距离。有的，是与我们有一面之缘的熟人或路上匆匆一瞥却令我们回味很久的美丽少女；也可能是与我们做过一次快乐或郁闷交易的小贩；也有那些和我们曾经有过亲密感情，最终却出于各种各样原因断绝了往来的情人、朋友和伙伴……

就像一次漫长的旅行，在春花秋月夏雨冬雪的窗景之中，很多人来了，在车厢里和我们上演了各式各样悲喜酸甜各不相同的人生话剧。有人带着微笑，与我们一路上讲着笑话度过一段快乐旅程；有人带着鲜花和蛋糕，与我们分享甜蜜的行程；有人莽撞地带着烈酒和心事，与我们一醉方休；甚至有不怀好意的小偷和骗子，深藏于众人之中，稍不留意，便会给我们制造伤口，令我们痛不欲生。

来来往往的人群，各种各样的表情。无论是多么快乐的同行，都有忍泪诀别的时候；无论多么痛苦的经历，都有最终结束让我们长舒一口气的时候。上苍不会永远让爱我们的人与我们相拥，当然也不会让恨我们的人与我们永远相对。

　　我们从医院出发，经历了一场漫长却又匆忙的旅行之后，又到了另一个车站。

　　我们的身后，也许会因为我们在人生这列车厢里的表现，传来惋惜声、恸哭声或幸灾乐祸的笑声。但这一切，都与我们无关了。我们将以一抔土或一朵花的形态，重返我们爱过或恨过的风景中。对于土和花来说，赞美和责骂是无意义的。就像路对于我们的脚没有记忆一样，天空没有留下翅膀的痕迹，却见证过数不清的飞翔……

没有不开心，哪知道开心？

神对拜他的人说：你多年虔心供奉我，我决定满足你一个愿望。

人说：我别无所求，只希望你能让我从此过上开心的日子！

神说：你想好，是要开心还是要不开心？

人说：我当然要开心，不要不开心！

没有不开心，你又怎么知道开心呢？神拈着胡子，笑着问人。

就多数凡人的眼光来看，"开心"是一串美味而舒心的甜果，而"不开心"则像一杯令人躲之犹恐不及的苦药。人们向往甜果而厌恶苦药，是一种本能。通常，大多数人遇到人与神对话的场面时，都只能想到"只要开心，不要不开心"这一层境界。但至于"没有不开心，你怎么知道开心？"这样的问题，则要靠自己去领悟。在现实生活中，我们从比比皆是的事例中，错过了太多的觉悟机会。

俄罗斯有一位生了怪病的人，他浑身上下的每一寸肌肤对疼痛都失去了感应——这是多少人羡慕的事情啊！但他数十年倾其所有四处求医，就是为了找回对疼痛的感觉，因为没有这种感觉，他几次面对死亡的威胁却无动于衷——一次是被老鼠咬掉半个耳朵，一次是被壁炉里的火烧掉半只胳膊。但因为他没有感觉，竟浑然不知灾难就在眼前。

这样的例子也许太过于极端。那么，以下的经历也许你至少体会过一回：

没有被日头暴晒一天，不喝水，满头汗渍满嘴焦渴的不开心经历，哪来田边一片小树荫、一碗粗茶带来的爽朗和愉快？

没有逼死人的题目和考烂脑壳的演算公式，又哪来解开一道习题如解开深勒在头顶上的紧箍咒那样的轻松与狂放？

没有受过冻的人，纵是锦裘穿在身上，也没有半点珍惜感。

没有体会过失恋的人，纵是最好的恋人在身边时，也不知道珍惜。

这些生活中随处可见的小事，从正反两个方面告诉我们何为"开心"与"不开心"。其实它们并非如众人眼中所见的那样，是一对天敌。相反，它们是物体和影子之间的关系。它们与生俱来，相辅相成。

我们在不开心时，开心是我们的希望。而在开心时，不开心是我们的清醒剂。

"必须"越多，烦恼越多

前段时间，我去农家乐看望一位在那里养老的前辈，老先生离休之前，担任着一个热门部门的负责人，虽不说日理万机，但一年 365 天在家里吃不上 20 顿饭，倒是一点也不夸张的事实。我和在农家乐田园里摘丝瓜的前辈聊了半天，并陪他喝了自酿的梅子酒，他无限感叹地对我说：你知道吗？在这里，我想明白一件事，人的快乐与否，不在于你拥有了什么？而在于有没有什么来叨扰你——一个人面对的"必须"越多，烦恼也就越多。

他的话，让我想起另外一些人和事。

一位朋友曾无限忧伤地来找我出主意，说他的儿子即将上大学，这本来是好事。那所大学是全国知名的重点大学，而且他家的积蓄支付学费也绰绰有余，这本来是件喜事，不料朋友却被这件喜事搞得很郁闷，因为他的儿子坚决不想去北京上学，而原因仅仅是一个在众人眼里根本不足挂齿的事——这孩子必须在自家厕所方便，近 20 年了，他基本没在外面上过厕所，他甚至创造过打的回家上厕所的惊天动地的事，也因为憋尿胀出膀胱炎，这个"必须"成为孩子和大人的心病。

当然，上面的例子显得稍稍极端了一些。但现实生活中，不经意地被各种"必须"折磨和戏弄着的人，却是不少：

你必须在下午 5 点之前把文件放到我的桌上！

你必须在客人起床之前，把机票送到柜台上！

你必须给我买××牌的旅游鞋！

你必须在 25 岁之前赚够 100 万元！

你必须有房有车！

你必须你必须你必须……

每个必须背后，是压力是要求，是社会对人无形的限制与强迫，而这种强烈的心理暗示之下，别人对我们的要求，渐渐变成了我们对自己的心理要求：

我必须在天黑之前把工作做完！

我必须在爸妈回家之前溜回家！

我必须穿××牌衣服，以免被人笑话！

我必须以某种特定的姿势在某品牌咖啡店坐着喝咖啡才算有品位！

我必须在本月结账以前，攻下某个客户！

我必须买××花园的房子，某某品牌的车！

我必须在 30 岁之前拥有自己的企业，当上老板！

我必须我必须我必须我必须……

太多的必须，深踞在我们灵魂深处，将多彩的生活变成单色，将百味的人生变得乏味，将多种选择变成唯一选择，让我们变得焦虑。

其实，对于一个生命体来说，谈得上真正"必须"的，也许只有纯净的空气、甘洌的水和果腹的食物，而其余的东西，都是在这些基础上渐渐附加起来的。这些附加起来的"必须"，渐渐喧宾夺主，而将真正的"必须"变得无所谓了。

一辈子总会遇到的陌生知己

在每个人的生命中，偶尔会有这样的奇妙感觉——在某时某地，会碰到一个从未谋过面的人，但你会对他的言行和举止感到熟悉和亲切，甚至有似曾相识的感觉。你们会因那样一段邂逅，而深刻铭记其中的某些细节。

在我的生命中，曾经有过几段这样的记忆，这些记忆，在发生之初并没有引起我太多的注意，随着岁月的流逝，它已悄然沉到岁月深处，而它泛起的浪花，却在某个独处的深夜，悄然涌上心来。

这些浪花中，最早泛起的那一朵，是我18岁那年夏天发生的事，那时我刚高中毕业，为了打发漫长的假期，我到舅舅的建筑公司工地上打工。在那个长长的夏天里，我每天都会穿着一件洗得发白的工作服从县中学门口走过，而每天早晨，有一个正在补课的高三女孩子总会与我同时在同一条大街上相向而行。最初，我们都没有在意这种邂逅，以为这与每天碰到的菜贩子、卖爆米花的一样，只是街头一道偶然的风景。

但时间一久，我们开始注意对方。她并不漂亮，却有着十七八岁女孩身上特有的那种朝气与活力。她最爱梳的是当时最流行的山口百惠式的发型，穿一件蓝色海军裙。

我对她有了一种奇异的感觉。这种感觉来自她的眼睛。那里面似乎有一层永不消散的烟雾，看人时，总有种云山雾罩的感觉。这种眼神，让我似曾相识。直觉告诉我，她的感觉与我相似，因为我们两个相遇的时候，并不像当时同龄的男生女生那样，不敢正视对方。我们的相遇，通常是从百米之外就开始看对方的眼睛，彼此从不躲闪，仿佛已是熟识多年的老友，在用眼神交流着什么。

在 1987 年那个遥远的夏天里，那个陌生的小女孩成为我生活中最重要的人。为了不错过与她的邂逅，我甚至改掉了老爸说我死都不会改的睡懒觉的毛病。每大把工作服洗得干干净净，甚至还学大人们那样去理发店吹了头发打了发胶。我发现她的发型和衣服也在发生着一些变化。我们甚至在对视中，将笑意送给了对方。有很多次，我在梦中遇到了她，并和她打了招呼，她含笑回应了我。

梦中的景象最终没有实现。我不敢给她打招呼，因为我摸不准她会不会把我当成街头的小流氓。而且我也搞不懂，我对她的这种朦朦胧胧的感觉，究竟是哪类情感。

这种矛盾一直纠缠到暑期结束，我考入一家电厂，然后带薪去重庆学习。我和那个女孩再也没有碰到过。多年之后，在一个同事的婚礼上又碰到她，我们彼此又似曾相识地笑了笑。我向同事打听到她姓张，后面的话就没敢再问下去。同事后来告诉我，说那女孩也打听过我，说我与她似曾相识……

第二个故事发生在我到成都打工的第二年，当时我住在下岗工人居多的一个小区里。小区不收物管费，自然也就没有保安，白天收废品的乱窜，晚上小偷捣乱，环境十分恶劣。

但在这个小区里，我却碰到一个陌生知己。我们甚至连对方长什么样都不知道，我们联络的方式是音乐。我对音乐的选择比对食物的选择还杂，无论是古典的还是现代的，西洋的还是民族的，独奏的还是协奏的，轻音乐还是重金属，都喜欢，一点都不"挑食"，只要合乎当时的心境，拿来就听。我发现，在距我家几十米的一个窗户里，也有一个和我一样的人。

最初我们是同时放音乐。有时他放古筝曲，我放笛子，有时他放俄罗斯民歌，我放美国乡村音乐。后来，我们渐渐默契起来，甚至通过音乐对起话来。他放完一段音乐之后，就会停下来，等我放。他放一段经典钢琴曲，我就会附送一段。我放一首披头士的怀旧老歌，他就会送上一段老鹰乐队的经典曲目。在很多个夜晚，我们就是通过这种方式，在同一个空间里，通过一段音乐，诉说着自己心中想说的事。有时，我甚至有一种强烈的冲动，想冲下楼去，爬到对面的楼上，敲开门，看看那个引以为知己的，究竟是谁。但往往又害怕这样的举动太唐突太离谱，被人误会成神经病。如果对方是个女的，那麻烦也许还更大……

就这样，我们以音乐为载体，彼此交流着一些东西。直至两年后搬走，我最终没有跨过我家到他家那不到 60 米的距离。现在，每当窗外再响起音乐，我都会想起这段往事。想放首曲子与对方应和，但再没有得到过回音……

最后一个故事，是在几天前回老家的公共汽车上。因为工作太忙，久未出城，坐上客车时，心中难免有些感慨，于是一路轻声哼着歌，每哼一曲，耳边总有一个轻细的声音在不远的地方与我应和。有时，对方还有意识地唱起二声部的和声，让唱者有一种有人呼应的满足感。在整整两个小时的旅程中，我唱了自己从

20 世纪 80 年代至今学过的所有歌曲。令人惊奇的是，对方几乎没有不会的。这让我自己也觉得有些奇怪，不断揉耳朵，以为是耳朵出现了幻听……

直至终点站我背起背包准备下车，从前排站起一个穿白色牛仔服的女孩，冲我笑笑说：你为什么只唱忧郁的歌？

这时，我明白，不是我的耳朵出了问题，而是千真万确有一个人在陪我唱歌。两个陌生人通过歌声在同一个车厢里度过了一段愉悦而难忘的旅程。

这种在一瞬间灵犀交通的感觉，有时在亲人或交往了几十年的老朋友之间也不是轻易可以遇到的啊！

你已有多久没有抬头看天空了？

2011 年 3 月中旬，我坐歌诗达游轮在海上漂了几天，这段旅行，给我留下最深记忆的，不是船上每天供应五顿的意大利美食，也不是每晚都有的美艳异国风情表演，更不是靠岸之后商业化到牙齿的各种旅游景点。让我记忆最深刻的，是每天晚上静夜之中无边无际的星星，这是我这辈子所见过的最美景象之一，只可惜海风太凉，甲板上顶得住寒意和我分享这种感受的人并不多，只远远的，有群年轻人在弹吉他，喝酒唱歌。

那天夜里，我正被星光醉着的时候，身后来了一对情侣，他们也惊讶于满天星光，还蹦跳着欢闹着。跳着跳着，男的突然转头回来问女孩子：你已有多久没有抬头看天空了？

这句话，像定身咒，把正在蹦跳着的女孩子给定住了。

其实，被定住的，还有旁观的我。这个不经意的问题，把我拖进了深思——我很难回答最近一次看天，是在什么时候了。

应该说，许久没有抬头看天，有很多理由。也许是出于安全考虑，望天走路容易出事故。但那个理由不是最准确的答案，最准确的理由是，在很长一段时间里，我无暇或不屑于望天。无暇是因为生计奔忙，每天天亮睁开眼就上班，天黑回家上床睡觉，中途各种油盐柴米鸡毛蒜皮的生活细节消噬掉了我们原本就不多的时间。而不屑，是因为总觉得天空太熟悉了，不能给予我们任何新奇的感受。特别是当我们疲于奔命地埋头赶路，奔走在各种现实问题之间时，我们已懒于抬头，对那些对我们没有现实功用的东西熟视无睹。

天空不再有想象。甚至在现实得不能再现实的社会环境之下，想象本身也变得奢侈起来。在那一双双看不见的欲望之手的牵引和督促之下，我们像穿上了永远跳舞的魔鞋，身不由己地旋转于各种欲望之中，越来越快，无法停息。我们甚至连做一个闲梦的力气和机会也没有了，因为鼓噪而喧嚣的城市之夜，将我们中的很多人变成了失眠者。

不独是我们，其实我们的社会，何尝不是这样。我们在埋头赶路的时候，忘记了抬头看天。我们追逐物质欲望时走得太急太快，让灵魂掉了队。

在我写这段话时，收音机里正在播着两则新闻：一条是全国政协常委、作家冯骥才呼吁文化人反思文化产业化，抵制浮躁与拜金主义，当好文化的"良心"；另一条，则是北京、广州等大城市出现了一种新行业——慢递公司，引领都市人在快节奏中寻找"慢感"。

我想，这也许就是两个偶尔抬头望天的典型案例吧。

如果说太现实太功利的生活方式，让我们失了安详，那么，就让我们偶尔给自己的心灵开个天窗，看看天空和身边的风景，重拾想象的乐趣和对自然的敬畏，扪心自问：你，已有多久没有抬头看天空了？

不能只爱花期

同一小区同一幢房子同一单元的同一层楼上住着两个爱花的人，他们的阳台上都摆放着很多盆花。略有不同的是，A 座方先生的花木，枝繁叶茂，四季常青，每个季节都有不同的鲜花盛开，而 B 座吴女士的花木，则形容憔悴，有气无力，显得死气沉沉的。

吴女士感到很郁闷，因为在花木的投入上，她花了不少的钱，一年四季都会购买新的品种，而方先生则很少购买新花，平时连花市也很少去。但阳台上的景象却冰火两重天，吴女士心理很不平衡，于是敲开邻居的门，向方先生请教。

方先生说：你平时爱花和买花的举动我都看见了。你觉得自己投入了巨大的财力去买花，结果花儿还是不遂你的愿望健康成长，你的失落感我能理解。但问题就在于，你爱花的方式有问题，这直接决定了你的花儿们的成长状况。

我观察发现，你每个月都会买不少的花，但同时也会扔掉不少的花。你买的花，都是处于花期，正在茂盛开放的花，而你扔掉的都是花儿凋零枯萎的。你看，我这阳台上，有很多就是你扔掉的。

你最大的问题，就是只爱处在花期，开着美丽花朵的花，而不爱那些花期未来和已过的花，你只要它们辉煌的现在，而不关心它们的过去和未来；在它们开花时才给它们浇水施肥，而在它们需要扶助和浇灌的时候不闻不问，这样的后果，是你天天换花，看到的只是片刻的绚丽和辉煌，却不能保持长久的茂盛与兴旺。

　　吴女士听完之后，若有所悟，她发现自己确实陷入了这样一个误区。此后，她不再把眼光只盯在处于花期的花身上，而是把买花的精力转移到养花护花上，不到半年，她的花园，也像方先生的花园一样，长满了生气勃勃的花。

　　其实，像吴女士这样陷入误区的人还有很多；比如，只盯着挖别家公司人才而忽视自家公司原有人才及人才生长环境培育和建设的老总们；又如，只在妻子青春貌美花枝招展时才爱她的老公；再如，那些只知道从别的球队挖顶尖队员并将他"成功"地变成庸人的球会老板；还如，那些只知道立竿见影出成就而忽略研究进程的科研机构……

　　这些，都是只爱花期的表现。

　　爱花，既要爱它的花期，又要爱它的无花期，因为这是通往下一个花期的必然过程。而对人才的爱，亦是这样一个道理。

诺言不是一口痰

那个卖丁丁糖的老人又来到公园茶馆老板面前，依旧扬着那张半是期待半是尴尬的古铜色笑脸。老板和老板娘也用相同的表情应对他，说：没有来，真的没有来。

这是本周以来我看到的第七个相同场景，它深深触动了我的八卦神经，于是叫过老板来，问是怎么回事。

因为我是常客，加之老板此时也很清闲，而且也有倾诉此事的愿望，于是将此事的原委讲给我听。

一个星期以前，那个卖丁丁糖的老人路过茶馆，碰上几个正在这里喝茶的游人，其中一位女士，带了一个小孩，小孩对老人手中用来敲糖并发出叮叮当响声的弯刀感了兴趣，于是强扯着要让老人借给他玩，老人于是不厌其烦地教小孩敲"叮叮当，叮叮当，叮当叮当叮叮当"，并告诉他，声音的意思是"丁丁糖，丁丁糖，丁糖丁糖丁丁糖"。孩子很开心地玩着，他的父亲，则在一旁给他照相，照一张，发出一声赞叹，不知是为儿子还是自己的手艺在喝彩。

老人似乎也受了感染，更起劲地和孩子玩起来，似乎忘了此行的目的，是来推销糖的。

小孩的父亲很得意地将数码相机伸到老人面前，给他看新拍的照片。老人眯缝着眼睛看清相机上那个人头是自己时，脸上的笑容花儿式的颤动。

他小心地问：这照片能洗出来不？

当然能，可清楚了，保证你的白胡子和皱纹一根一根都看得清楚。

那……贵不贵呢？

不贵，几毛钱！

听了价钱之后，老人似乎突然有了勇气，说：能不能给我洗一张？我……给你钱！

孩子的父亲说：这有啥难的？赶明儿，我们再来喝茶就带给你。

老人乐呵呵地说：那太谢谢了，我卖了几十年丁丁糖，还没看到过自己究竟啥模样呢。再过一段时间就卖不动了，照个相留个念想。

照片拍完，孩子也玩得没趣了，老人留下一大包丁丁糖，就要告辞，临别时再三叮咛：如果我没来，请你放到茶馆老板那里。那家人爽快地答应了。

于是，就有了老人每天一次的探望。茶馆老板说：他这段时间来我这儿的次数比以往一年都多，但他也不想想，人家也就随便一说，谁会专程为这事跑一趟啊？可他偏不信，说人家答应了的，好像他的照片被我吃了一般。

我告诉他别来了，可他偏不听，他说：人的诺言，总不能像口唾沫，想吐就吐吧？我就告诉他，现在有些人的诺言，不只是唾沫，甚至是痰。他坚决不肯承认，就在这跟我耗上了。

老板一脸苦相地说着，让听这话的我心中不是滋味。

我说：也许人家是真没空，说不定过两天还会来喝茶。

老板说：不大可能，听口音，那几个人好像是外地人，本地人哪会对丁丁糖感兴趣啊？

我觉得他说得有理。

老板长叹一声说：有时，看他失望的眼神，我真恨不得去找个相机来给他按一张，交给他，然后对他说，你赢了！可我又没有。

他讲这话时，似乎突然来了灵感，盯着我的包说：我记得你好像有一个，明天，干脆给他按一张？

我想了想，举手之劳的事情，于是答应了。第二天，喝茶时，老板娘故意说要买糖，我以平常暗访的方式，对着正在称糖的他按下了快门。

当晚洗出照片，效果非常好，老人面含微笑地称糖，阳光把他的脸照得明亮安详。

老板是怎样把照片交给他的，我不知道，但我们花了六毛钱和一个谎言，让老人相信他赢了——诺言不是一口痰，至少在一部分人的口中不是！

幸福的预期与实感

我的工作岗位进行了调整，新工作岗位工资比原岗位的工资标准高 2000 元以上，也即是说我的工资应该最少涨 2000 元，对于一个打工者来说意味着什么，我就不多说了。总之，我很高兴，上厕所都在唱《两只蝴蝶》。

但问题是，单位的工资标准随着我的岗位调动，也发生了改革，使我原想的 2000 元打了重大折扣，成了 1000 元。说真的，这也应该是个不小的增幅，但因为有了此前 2000 元的预期，我对实实在在拿到手的 1000 元感到有些失望甚至郁闷。

我很沮丧地在府南河边晃悠，想借着两岸美丽的河景、婀娜的美女身影以及嬉戏玩乐的小孩子和狗来转移我的思绪，开解我的不愉快。

但今天的天色因我的心情不愉快而变得晦暗，河景也因此没有了往日的鲜亮，而美女们似乎都回家煮饭了，只有几个小孩子在那里逗小狗，看起来让人既窝火又不舒服。

这时，我身后来了两个老太婆。从她们只言片语的交谈中听得出，两人是以往的老邻居，因为拆迁而搬开了，今日突然邂逅，自然非常高兴，拉着手在那儿聊近况。她们的声音很响亮，容不得我不听。

婆婆甲对婆婆乙说，自从搬家之后，特别想念老邻居们。她儿子是某家公司的总经理，拆迁时在本市一处高档楼盘给她买了房子，老两口加孙子三个人住，一百多平方米，装修也豪华气派。但婆婆却生活得并不愉快，她说，这高档社区啥都好，就是没有老年活动场所，她想像往日那样扭扭秧歌或打打太极拳，马上就有人投诉。而且，买菜也不方便，还贵。邻居家养的狼狗还没日没夜地叫，让她一宿一宿睡不着，她那份苦哟，真是没处说去哟！

婆婆乙的儿子下岗了，她们全家住在政府解决的廉租房里，祖孙三代共四口人，两室一厅，五十平方米左右，清水房（即毛坯房）。但老太太对现状却似乎很满意，说一句笑一句，说当初三代人挤在一间十平方米小房时，她没想过自己在有生之年还能住上窗明几净的房子，有水有电还有厕所，她感到很高兴很满意。

看得出，婆婆甲与婆婆乙的痛苦与快乐都是真的，并没有半分矫情和作假的成分。而我知道，她们所住的地方，一个是本市最高档的著名楼盘，而一个是本市比较偏远且配套设施还很不完善的小区。婆婆甲的房子价值至少10倍于婆婆乙的房子，但她并没有因此快乐，其主要原因，是她对幸福和快乐的预期，远远大于她所得幸福的实感，而婆婆乙则正好相反。

我觉得，这两个老婆婆，与其说是邂逅，还莫如说是上天派来教育我的。她们的对话让我若有所悟，甚至有些心惊，使我心中那沉甸甸的不愉快瞬间消失了。

我最恨的一个自杀者

当记者十多年，每年看到的自杀者不少于 20 个，这其中，有夫妻吵架一怒之下从楼上跳下来的；有贪污了公款没法交代吸煤气的；有把家中所有钱输完，被债主追讨跳下河的；也有考试不及格，心情沮丧地割了动脉的……

对于这些不幸的事件，我从内心深处是同情和悲悯的，特别是，看到那些因自杀而死而伤人们的亲人悲痛欲绝的表情，我希望这些事情从来就没有发生过。除此之外，我很少产生别的什么情绪。至少在我碰到那个自杀的大学毕业生之前是这样的。

他来自川南乡下，父亲和姐姐为了供他读书，在城里打工。因为他是两代单传的儿子，父亲为了将家中仅有的那些钱拿来供他读书而让成绩优异的姐姐休了学。姐姐为此伤心了很久，但看着父亲为了弟弟每天在城里奔走着打短工、捡垃圾甚至卖血，她的伤感暂时平息下来，每天埋头到饭馆打工，希望早日把弟弟供出来。

弟弟读书也还算争气，成绩一直在班上领先，并一路顺风地考上北京一所听起来还不错的大学，成为他们家族几代之中唯一一个大学生。父亲和姐姐为此感到非常骄傲，虽然，这对他们来说意味着今后的压力更大。

　　四年时间就在父亲和姐姐的辛苦之中过去了。我不知道这四年父女俩是怎样熬过来的，要用加起来不高于 1000 元的月收入在城里生活下去，并供一个大学本科生的学费和生活费，确实是需要一些承受力的。

　　毕业之后，大学生开始求职。最初，他在北京找到一个工作，月薪 2000 元，包吃包住。但他很快就辞职了，理由是北京的冬天太冷，他已受够了。

　　后来，同学介绍他到广州一家公司工作，条件和北京差不多。对于一个初出校门的大学生，这应该是不算太坏的起步。至少，他的父亲和姐姐，从此不会为他的学费和生活费而辛苦下去了。

　　但干了几个月，他又辞职了，理由是广州太热，他生活不习惯。

　　他只好回成都。而在成都，他找到的工作，月薪只有 1000 多元，这让他非常不满意。

　　为此，他很郁闷、痛苦和绝望。在日记中，他无数次地写下"前途无望，人生无意义"之类的感叹，并流露出轻生的情绪。

　　终于有一天，他留下了一份遗书。然后走出暂住地，迎着疾驰的火车冲了上去。

　　我看到他的尸体之前，先看到的是他哭得晕死的父亲和他已近乎痴呆的姐姐，还有他那些捶胸顿足的邻居，他们对死者几乎没有同情，只有恨。恨他的不明智，恨他的自私。

　　在翻看他那些写着畏冷怕热轻生理由的遗书时，我面前闪过的，是他父亲那被阳光晒得黝黑的面孔和他姐姐长满冻疮疤的手。看着因他的死而失去所有希望与活下去勇气的父女俩，我恨不能在他的尸体上再踢上一脚。

这恨意刺激着我，至今想起，心中都隐隐作痛。面对这样的情景，我实在不知该怎么做才好，唯一能做的只有祈愿。

愿天下从此不再有如此薄情寡义的蠢人，愿世间再没有这样的悲剧发生！

快乐和痛苦都在比较中

我的姥姥今年 82 岁了，由于年轻时修铁路被石子砸瞎左眼，她的右眼在此后的几十年中承担了双倍的劳动量，终于积劳成疾，也宣布退休。于是，她老人家便置身于黑暗之中，因为看不见任何东西而对世界充满了恐惧和恨意，每天都活在痛苦之中，没事就找她身边人的茬吵架，以骂声和埋怨来显示自己的存在。她的儿女们，觉得她越来越乖张而对她无可奈何，只好以装聋作哑应对之。原本富足美好的生活，也因为这微妙的关系而变得不那么美好了。

为此，我的姨妈和舅舅们没少叹气。都说：咱妈一辈子都善良温厚宽以待人，不料把积攒了一辈子的坏脾气都留到老年时来用了。

而姥姥也觉得儿女们越来越嫌弃她，甚至产生了儿女们会趁她看不见往她饭中放毒鼠强的想法。整个家庭的亲情关系几近崩溃。

就在大家非常绝望，基本对家庭的安宁失去信心的时候，发生了一件事情，姥姥的一切痛苦，在短短一下午之中得到了解决。

此事与我姥姥唯一还在世的妹妹生病有关。这位姨婆比姥姥小 10 岁，某一天突发脑溢血，送医院治疗后头盖被揭开，鼻子上、手上插满了氧气罩和各种管子，睡在病床上，像美国科幻电影中给机器人充电一样。

姥姥照例是要去探望。在病房里，听了众人给她描述的情景，她的老泪一下子流了下来。在这个时候，姨婆说出了她人生中最后的几句话，她说：姐姐，要是我能像你那样潇洒地再活半小时，该多好啊！

这话让姥姥很震撼。她想不到，她这样一个双目失明、出门必须像小孩那样穿上纸尿布的老人，也有被人羡慕的时候。而这些都是令她耿耿于怀痛不欲生的。

在她与耳聪目明手脚敏捷的儿女们相比较时，她感到痛不欲生。但她在与卧病在床的姨婆比较时，她终于体会到了许多在失去之后才知道的乐趣。

从医院出来时，她被人搀扶着，走得非常精神，甚至还破天荒地闻到了花香并听到了鸟叫。之后的几个月，她没再像往日那样，一坐下来就和自己较劲，她又变回到我们记忆中那个慈眉善目的姥姥了，这个收获让我们全家都觉得不可思议，并发自内心地为她高兴。

为什么笑脸只留给熟人

一位外国朋友，中文学得倍儿棒，甚至能用成都或重庆的方言和人交流，也算是大半个中国通了，但他有时仍会提出些幼儿版"十万个为什么"中才有的问题，让你既觉得好笑，又忍不住陷入深思。

就拿他不久前在一次茶聚上提出的问题来说吧，他说："你们中国人，为什么只把笑脸留给熟人？"他之所以说这句话，是因为通过观察，他发现许多中国人走在大街上，神情是紧张而肃然的，不会轻易送给陌生人一个笑脸。而他自己的家乡，人们面对陌生甚至流浪狗，也会发自内心地笑笑，这种微笑，除了令自己心情更舒畅之外，别无任何害处。而当你送给别人一个笑脸，并迎来对方相同的微笑时，心情肯定会是愉悦的，如果此时正好有些阳光的话，你会感觉生活更美丽。

但在中国生活了这么多年，他却很少体会这样的感觉。大多数人，都对突如其来的微笑感到突兀与不适应。要么会认为对方认错了人，要么会觉得"无事献殷勤，非奸即盗"，而本能地加强了警惕，让微笑者本人，也觉得自己的微笑是否有问题？

这并不是说中国人已经失去了微笑的机能，其实中国人是善笑和爱笑的，只是这种笑容，多数是留给熟人的。举个简单例子，在大街上，几个陌生人相遇，彼此木然地擦肩而过，而这时，他们的同伴突然发现对方是熟人，然后停下来寒暄并相互介绍，于是几个人的脸，突然冰雪消融地绽满了桃花般的笑容。不独如此，就是买东西也一样，以前我这个外国朋友到一家水果店买水果，老板见他是老外，总是给他最高价，而且秤也不老实，而有一天，老板发现他是自己女儿的老师之后，局面一下子变了，价格不仅不高了，还有送上几个水果的优惠。对立把善意和笑脸，只留给熟人的这种行为方式，让他很奇怪。

外国朋友满脸通红地说完他的困惑，在座的诸位听完之后表情各异，有说他钻牛角尖的，也有说他不了解中国国情的。而我，却从他闪着疑惑亮光的眼中，感到了一丝寒气。作为一个外来旁观者，他以第三只眼的角度，看到我们早已熟视无睹的细节，而困扰我们的社会问题的病根，也许就潜藏在那一个个细节中，比如今天他所说的"把笑脸只留给熟人"的问题，恰恰就点出了当下我们与现代化、全球化相抵牾的熟人社会的生存理念。一切利益和善意，甚至一文不值的笑脸，都在封闭体系中流通，而一旦跳到圈子之外，所有的冷漠便不可避免。

以上是我当时一闪念的想法，为了不引起不必要的争论与刨根问底，我没有把它讲出来，只是在心中暗暗对自己说：从明天早晨起，出门时尽量把表情放轻松些，即便不向每个偶遇的陌生人微笑，但至少让他们，不从我脸上读出寒意。

人生是一场无人相伴到底的旅行

地震中的幸福感悟

他一直觉得幸福离自己很远。这种感觉自他懂事那一天就有，并一直伴随着他，随着时间的推移，有越来越膨胀的趋势。

很小的时候，他觉得爸爸妈妈只喜欢妹妹，每次给妹妹买的东西都光鲜艳丽，而给自己买的东西则粗糙简单。爸爸妈妈的理由是：你是哥哥，该让着妹妹。而他却深度怀疑自己是否是捡来或抱养的。

读书时，老师只关注成绩好的同学和最调皮的同学，而恰恰这两样他都不沾，十多年的读书生涯，他基本是在被遗忘的角落，以至于后来开同学会，同学们最记不起的，就是他的名字。

情窦初开时，他深爱着一个女孩，每晚在她楼下转悠，只为看她窗前的一瞬剪影，或和她惊鸿一瞥地邂逅。后来，女孩嫁给他的好朋友，因为那小子抢在犹豫不决的他之前，送上了情书和鲜花。

伤感的他丢下工作和单位，出门做生意。生意并不如他平时爱看的那些财富杂志上写得那么好做，几经沉浮与挣扎，他觉得自己的付出与收获并不成比例。

后来，遇上一位合作伙伴也即他现在的妻子，女人比他大三岁，是一个成功人士的结发妻子。这位成功人士成功后换车换房，也换了妻子。他觉得自己和妻子这桩婚事，更像一笔生意。

唯一值得欣慰的是女儿的出世，这个呱呱坠地的小天使咿咿呀呀地来到人间，一看他就乐就笑的样子，似乎让他看到幸福的影子，甚至已觉得幸福已在他指尖不远处，只需再伸伸手，便可以抓住。

但就在这时，有人悄悄对他说：他的女儿，无论五官还是神态，都像他妻子的前夫。

他细想女儿出生的种种细节，并推算日子，虽然没有确凿的证据，但越来越觉得迷糊和怀疑。这种感觉像一把尖利的锥子，扎进他眼前如肥皂泡般的幸福感里。

为了弄清真相，他以检查身体的名义，把女儿带去做 DNA 测试。今天，他到医院来，就是来取化验报告的。

但当他刚踏进医院时，整个世界都晃了起来。他不顾一切拼命往外跑，却最终没有跑过从天而降的水泥板。

世界一瞬间黑了下来。

当他再次醒来时，发现自己的处境非常不乐观。他的身下，是一个老太婆，身体已经僵硬，头上落满灰尘。他的背上，是个沉重的水泥板，死死地将他扣住，像夹鼠板夹住老鼠一样，让他动弹不得。

这时，从周围的废墟里，时不时传出凄厉的呼救声。他也想喊，却发不出声音。

老天爷似乎还觉得不够热闹，又开始下起雨来。雨水滴在水泥和石灰块上，发出的热，烤得他如热锅里的鱼一般，除了绝望，还是绝望。

不知过了多少时间，他听见救援人员的呼喊声。他有气无力地应了两声，对方没听见。就在对方转身去找别的人时，他用尽平生力气，拎起一块石头往旁边的钢筋上猛砸，发出清脆的声音。

救援队来了，扒开表面的砖，问他感觉怎么样？

他说他想尽快离开这里。如果不能，至少把身体下面已经发黑的尸体或背上山一样的水泥板移去一样，让他好受一点。

外面的人把一根管子接进来，往他嘴里灌了些水。他喝了，身上顿时有了点劲。

接下来，装载机来了，把他背上的水泥板吊开，然后小心地将他抬上门板。这时，镁光灯齐闪，世界昏眩眩地转。

经过十几个小时抢救，他终于活了过来，医生告诉他：你很幸运，只失了一只脚，而没有截瘫。

在手术室外，他看到他的妻子，那个在他心目中一直不太漂亮的女人抱着那个让他觉得身世可疑的女儿，正冲他喜极而泣。

这时，他似乎隐约感觉到幸福是什么了。事后，他总结幸福的定义是这样的：幸福，就是有人将你背上的水泥板移开，往你嘴中灌你平时忽视的水；你本以为会高位截瘫，其实却只锯了一只脚；出手术室时，你本以为已经在灾难中消失了的亲人却在对着你又哭又笑。

自此，他成为一个幸福的人，因为此后他所遭遇到的任何人生困境和烦恼，在他看来都没有当初压在他身上的那块水泥板重。

无用的朋友

一次朋友聚会，酒足饭饱唱完歌之后各自散去，我走在最后，捡到一个小本，估计是谁刚才在吧台上打电话时遗忘在那儿的。

随手翻开，想找找有关小本主人的线索。原来是一个通讯录，上面密密麻麻写满了各种电话、QQ 号、MSN 账号和电子邮箱名。比较有趣的是，在各种号码的备注栏，都写着主人对这个朋友的价值判断，大致可分为：资源、潜在、常用、无用。

出于八卦的心态，我在小本上找了几个熟人的名字，想印证那几种模式究竟是对电话号码还是对人的评判。

一个当局长的朋友，名字后面赫然写着的是资源；一位当总经理或法官的朋友，也享受同等待遇。我特意找了自己的名字，忝列"潜在"的序列中，这让我莫名地有些脸红，我因为被人当成了物，而且是可能用得着的物，而感到有些羞愧。

常用的，是些亲友、麻友、送水的、单位同事或孩子老师的电话。至此，我已大致知道了电话本的主人是谁，但我仍忍不住自己的好奇心，想看看他本上"无用"的人，是谁？老天爷，请原谅我的八卦吧！

本上"无用"的人并不多，显见是有所选择的结果。只有两个人的名字后面加了这样的注脚，一个我不认识，另一个则是他高中的同学，此人一直把小本的主人当成最好的哥们，前两年下岗了，现在在外地打工。还好，捡到本子的不是他。

说真的，我不明白小本的主人，何以要在本子上这么显性地标注上那些字样。但他的许多举动，是有异于常人的，包括他那超常规发展的生意和家业，以及日常的为人处事方式，有很多都是我所不理解的。

在这个社会中，一些人甚至连一句好话和一丝微笑也不愿白给别人，他们之间的交往都充满了功利、交易与算计。人们利用各种各样的关系在相互权衡着彼此的价值，"不交无用的朋友"已成了一句至理名言，而"朋友就是泡泡糖，用过之后就吐掉"之类的话，也存在于一些人的心中。大多数人虽然包里没有一本写着"有用"标记的账本，但谁能说得清，他们的脑中没有这样的账本？

但仿佛是为了给我一个正确的答案，此后的故事变得有些戏剧性，在不久后发生的地震中，本文的主人公——那位本子的主人，正在外面收债，本已跑出房子，但因返回房里拿遗忘的钱袋子，被砸在楼下。他的那位"无用"的朋友听到信息后，从打工的地方赶来，徒步走了几十里山路，在众人都觉得无望的时候，用手将他刨了出来……

仇　人

地震发生的那一瞬，两个仇人狭路相逢于楼梯间，并被铺天盖地落下的楼板压在一个小小空间里，两个人十年来从没这么近的待过，彼此听得见对方的呼吸，甚至两只手紧紧压在一起。

再没有比这更倒霉的事情了！

这几乎是两人共同的反应。

压在下方的老李长长地叹了一声。

紧接着，上面的老王也重重地呻吟了一声。

这其实已是地震发生后的第三个小时，此前，他们都昏迷着，只记得地震发生前的那一瞬，两人正在考虑如何在楼道上，以一种不太尴尬的方式避开对面那个让自己生活不爽了多年的仇人。

说起两人的仇怨，得回放到15年前两人一起分到这家局级单位的那一天，两人年纪相近，学历差不多，工作能力也不相上下，而且又分在同一科室，两人之间天然的敌意，便是从进办公室的第一天就种下的。在这个机会并不太多，大家都在望穿秋水排队等待进步机会的机关里，别人的任何争取向上的举动，都可能被视为一种敌意和挑战，大到一个重要工作的承担，小到给领导端茶点烟，概莫能外。

人生是一场无人相伴到底的旅行

像搏击台上两个旗鼓相当的拳击手，他们互有胜负地出招反击并不相上下地进步着，各有攻守，各有伤痛，也各有斩获，十多年后，他们成为单位的中层干部，并住进档次差不多的干部楼。但彼此心中的新伤旧恨，并没有因时间的推移有稍稍的痊愈。随着住得更近，小磨小擦更是无休无止，一些非常偶然甚至无心的举动，就被无限放大成为敌意和冲突。

比如：住楼下的老李安了一台空调，空调因质量问题，响声吵得人心烦，老李本人也苦于久修不好，而想找消费者协会投诉。但当楼上的老王跳到门前，大呼小叫说他明知自己神经衰弱，还使用这种神经性杀伤武器时，他就不修了，每晚用棉花堵着自己的耳朵，想着楼上的老王如油锅里煎着的鱼，心里无限得意。

老王也不是省油的灯，明知老李怕狗，于是不顾老婆的反对，买了一只斗牛犬，暗地里给狗起了老王的名字，喂它或打他时，把"王显贵"三个字叫得山响，身心有无限的快意。

他俩为此类事，文打官司武打架，没有少折腾过，他们被恨意折腾得觉得了无生趣，甚至都想过搬家或调到别的单位去，但都因为怕对方觉得自己示弱，而坚决耗下去。

老天爷仿佛就是要捉弄他们，将他们以如此的方式聚在了一起。

两人已记不清上一次不带敌意的招呼是什么时候打的。但几乎是同时，两人不约而同地向对方打招呼：你，还好吧？撑得住不？

我，背有点痛，脚已经木了，左手不能动。

我，右手不能动，眼睛好像进了沙子，哦，下肢也没感觉。

来，你用你的右手帮我把额头上的灰抹掉，让我的眼看看周围环境。

好，你用你的手摸摸我身后的公文包，里面有几个巧克力，是我给女儿买的，取两个出来，补充点体力，等待救援。

老李摸索着从老王的包里摸出巧克力，用牙扯开，几乎是嘴对嘴地喂到老王口中。这时，已是他们被埋的第六个小时，废墟里一股渗人心骨的冷，而小小一片巧克力，让他们身上有了少许的暖意。

老王说：这感觉真好。

老李说：我身子底下有个茶杯，里面有水，来，我们合手把它拧开，喝一点，我听见好像有人在扒砖了，坚持住，也许我们能挺过去。

两人各自伸出自己仅能活动的一只手把茶杯拧开，把充满灰尘和沙土的茶，送到对方的口中。

这时，他们觉得，这是世界上最美最舒服的味道。营救他们的医生说，这几片巧克力和水，是让他们能够成功撑到被救的关键。

三小时之后，他们分别被救出去，并送进了同一家医院救治。几天后要转院去外省，他们不约而同地要求：把我们送到一起。

许多知情人和他们幸存的家属，都很惊奇，但并不觉得不可思议。

第三章

发自内心的富足感，才是真正的富足

不管是多高档或低级的床，只要能承载安然的睡眠，就是好床；

他知道，无论多高级的车，不过只是位移工具；

他知道，发自内心的富足感，才是真正的富足。

而知道富足感本身，就是奢侈的……

坐在金山顶上的穷人

在我很小的时候，外公总喜欢给我讲故事，其中有一个坐在金山顶上的穷人的故事，令我记忆深刻。故事讲的是有一个人非常穷，但在他的后院菜地里，埋着山那么大一堆金子。那个人并不知道自己就坐在金山上面，每天饥寒交迫，抱怨老天不长眼。

土地公公看不过去了，就托梦给他，叫他没事到菜地里刨刨土种点什么。因为天机不可泄露，土地公公也只敢帮他到这。无奈这个人实在太懒，不想种地。而且，他也不相信土地里能刨出金子，来瞬间改变自己的穷困。于是置土地公公的提示不理，继续每天受穷抱怨，直至被饥寒和嫉恨折磨而死。而且，在死之后，也成为一个身在宝山不识宝的笑话。

外公讲这个故事的目的，是希望我成为一个勤劳的人，最初我也是这么看的。但随着年龄的增长，我发现这并不是一个勤劳的问题，而是一个眼界与见识的问题——同样一个世界，会因为人们的眼界与见识的不同，而具有完全不一样的意义和价值。

同样一片荒地，有人将它放弃，有人却在上面种出了庄稼；同样一地枯叶，有人将它当成垃圾，而有人却将它发酵包装送进城里当高档花肥料；同样一块原石，有人把它当成普通石头用来砌厕所，而有人却将它剥皮雕琢，做成价值连城的玉器；同样一段老树桩，有人将它当作木柴拿去烧火煮猪饲料，而有人却从精致的金丝木纹中发现它被岁月和淤泥掩藏了的价值……

以上这些事例，都是我多年来耳闻或亲见的。其中尤以多年前陪一位慈善家在四川泸县的见闻为最，那位从海外回来的慈善家在朋友的撮合之下，要去为一家特困户捐款。走到那户人家里，看那情形确实贫穷得可怜，家徒四壁，房顶上的大洞可以落下南瓜来，铁锅里锈迹斑斑，最可怕的是，吃饭连筷子都没有。慈善家当即拍板，捐赠八千港元，让他们拿去改善住宿和生活条件。但慈善家的妻子却挡住了，说："我不同意给他们钱，并不是我心疼钱，而是它们不允许！"

她手指的，是那家人房前屋后青青的翠竹，那些成熟的竹子，随意砍一两根就可以做几十双筷子和洗锅的竹刷，还可以补上屋顶的洞，他们却没有做。究其原因，不是太懒，就是看不见。这两者足以让一家人陷入穷洞，再多的钱也填不满。而真正正确的做法，是开启他们的眼界，并调动他们的生活热情。最终，那笔钱捐入一个偏远小学的助学项目中。

如果说以上场面都还不够戏剧化的话，那我还有一个更令人咋舌的故事：在一次为贫困大学生捐学费的活动中，我遇到一位资产过亿的企业家，他的第一桶金，就是做泡菜赚来的。他说他做泡菜的手艺和配方，都来自邻居一位大妈。这位大妈做的泡菜，酸爽清香酥脆，是他童年时最难忘的美味。他当年高考失败，无事可做，又不想务农，就撺掇大妈和他一起做泡菜生意。但大妈不相信泡菜坛子里能捞出钱来，而且觉得挑着泡菜走乡串户太丢人，于是把他当成一个寻开心的捣蛋鬼，撵了出来。后来，他自己摸索，再加时不时有意无意地讨教大妈，大妈也压根儿没当什么商业秘密地将泡菜秘方告知了他。后来，他发家了，而大妈一直贫穷，只是感叹他命好。后来，大妈的儿女上大学，也是他赞助的。

大妈在夸他命好之余，又千恩万谢地加了"心好"两个字，而他却总觉得不是滋味，于是就更加大了对贫穷大学生上学的资助力度。

这个故事，让我想起外公讲的那个穷死在金山上的人。当然，贫穷的原因还有很多，但不可否认的是，眼界和见识的局限，是其中最重要的原因。

穷外公的富价值观

不知什么原因，只要一看到仁爱、慷慨、谦逊、崇敬，还有勤劳、宽容、善良、大度这些词语，我就会想起我的外公。这位一生都在火热而嘈杂的铁匠工铺打铁的老人，是我人生中遇到的最具有这些美德的人，在我的眼里，他就是由主题词组成的。

外公自幼失去父母，在姐夫家长大，寄人篱下的生活惨状，使我的母亲和她的兄弟姊妹们一生都没有原谅她们的姑父姑母。大凡吃过苦的人，都有两种反应，一种是多年媳妇熬成婆，一朝翻身之后，把所受的苦难，变本加厉地报复在比他更弱者或甚至八竿子打不到的无辜者身上，久之，则变成一个内心充满恨意的变态者，用力所能及的方式报复世界；另一种，则是因为知道自己所受苦难的痛苦，而不愿将这些东西再加诸别人。苦难可以是尖刻与仇恨的根，也可以是仁爱与宽厚的源。

幸运的是，我的外公成了后者，缺少爱与关怀的童年不仅没有让他以此为由，变成一个不懂爱与关怀的人，相反，正是因为知道没有爱的生活的凄凉可怖，他以苦难为师，学会了以仁爱之心，面对他的家人，也面对他遇到的所有的人。

在认识外公的所有人中，对他的印象，仁爱是不二的主题词。不论是他不顾妻儿反对以德报怨一生好好侍奉曾虐待并伤害他的姐姐和姐夫，还是在冰雪寒天中把满身虱子的卖菜老农带回家中留宿，不论是他那永远不记入账本的赊欠，还是经常收不回本钱的补锅或铧犁营生，都是由他那不知缘由的仁爱之心支配着，乐呵呵地去帮人排忧解困，对别人的不便和痛苦感同身受，并倾其所有地给予帮助。

通往仁爱最必然的路径，便是慷慨。真正的慷慨和其他许多好品性一样，是观心不观迹的，在我眼中，像外公那样心中和眼中装着别人的苦难与麻烦，敢于倾其所有帮助别人的人，才是真正的慷慨，他曾经干过的事包括把家中仅有的一块腊肉交给死去的师弟家中的孤儿寡母，自己举家吃干萝卜叶稀饭过年；他可以自己走十几里路到乡下困难的农家帮人补锅，连材料费都不收取。其实，直到他退休那年患食道癌去世，他都是一个真真正正的穷人，但在很多人心中，他是一个慷慨而大方的人，他的心，没有被贫穷的生活逼迫得狭窄。在他的追悼会上，我看到那么多我根本不认识的人从很远的地方赶来，并真诚地为他流泪时，我甚至觉得他是一个顶顶富有的人……

外公用他一生的仁爱与慷慨，获得了人们的崇敬，以至于直到他去世后几十年，人们在说起他时，都会翘大拇指说："邹铁匠，好人！"我们这些后人，也会荫他的美德，受到令人愉悦的尊敬和善意，体会到外公多年前赠人鲜花，保留并传递了几十年的余香。这种余香，足以让人在心中暗下决心："要像外公那样，做个好人！"

感谢外公身边的人们，包括他的妻儿在内基本还是认同了外公的这些做法，而且，在外公去世后的几十年里，他的儿女们，依然对身边的人保持着看似不合时宜的善意，并从中得到愉悦和幸福。这个家族的人们，即便是住医院，也会因乐于助人而结上几对乡下的新亲戚。这个家族的人，无论面对的是一个乞丐，还是一只流浪小猫或小狗，心中也会有不忍之心，这份"不忍"，或许会为自己带来不便甚至麻烦，但他们却大多坦然应对，并乐此不疲，因为他们从外公的血脉与言行中传承下的那份仁爱，告诉他们，与付出的心力和失去的物质相比，他们得来的由内心升起的无以言表的欢快与愉悦，是任何物质所不能取代的，它是神性在内心的复苏，是一种最高形式的幸福。据说快乐有肉体快乐、精神快乐和灵魂快乐三种形式，也许我的外公，已从中体会到了灵魂快乐的甜味。

正是基于这个原因，我可以确切地相信，我那贫穷一生的外公，因他的仁爱与慷慨，因他受人们的尊重与崇敬，是幸福的。

被"上进心"逼死的白领

王大林是我初到成都打工时的一位同事，其时我们在一家行业杂志社，我搞编辑工作，他拉广告。我们常在一家下岗女工开的家庭小饭桌上吃饭，久而久之也算是比较聊得来。

王大林来自巴中，到成都之前是一所乡村中学的教师，由于他是本校学历和教学水平最高的青年教师，因此被视为学校的未来之星，即将退休的校长也想把接力棒交到他手上。但就在这节骨眼上，一场失败的恋情改变了他的人生轨迹，而后他发现，在他的家乡，即使他当了校长，也并不一定就能得到他所渴望的人的尊敬，在那个小小的古镇上，即使校长也不算大官也不算有钱，而且时不时会因收费问题被乡亲们骂上几句。

他放弃了一眼望得到底的人生前途来到成都，开始找寻另一条路。在一个老乡的引荐下，他辗转来到杂志社，在拉到第一笔广告并拿到了相当于他在老家一年收入的一笔提成之后，真心热爱上了这一行的工作。并且，从那一刻起，他成为杂志社创收队伍中的最活跃的一分子，老总每次总结工作，必然要表扬他。他也没辜负老总的厚爱，只要一听到创收信息，无论城内还是郊县，不管单位有车没车，他都会立即动身，绝不等信息过夜。

随着他的干劲和业绩的增加，他在同事中所受到的压力越来越大。以至于到了后期，广告部已没人与他交往，他在杂志社唯一一个可以说话的便是编辑部的我。为此，有的同事还劝过我，说王大林这娃不仗义，什么钱都敢赚，谁的广告都要撬，而且做广告不择手段，你和他说话要小心。

因为我没有广告让他撬，因此也就不太在意同事们的劝告，我也因此听到了王大林的心声。他说得最多的便是：他们瞧不起我，是因为我没钱！等我赚够了钱，让他们看看！

为此，他拼命挣钱，不光为杂志社，还为另一家网站和广告公司拉广告。他每天夹着一个装满各种产品说明书和策划方案的大皮包，奔忙于各个企业和应酬场所。星期天也基本不休息，我们聊的时间越来越少，偶尔遇上，也是匆匆忙忙寒暄两句。在这匆忙的寒暄中，他想表达的也仅仅是他最近业绩很不错。而我感觉到的，却是他眉间挥之不去的累和倦。

后来，杂志社倒闭，我们各自散去。王大林又到了另一家报社，情形大致与在杂志社差不多。他一直想挣到一大笔钱，用这笔钱，买上一辆不错的汽车和一套房子，然后找一个外貌不错的女人，过上他所渴望的受人尊敬的生活。为此，他在三家单位兼了差，继续他的累人生活。

不久前，我在医院门口碰到他，他刚输完液出来，面如菜色，见到我，依旧很高兴地向我报喜，说他在城南买了一套房子，并刻意向路边一辆轿车努努嘴说：不错吧，刚买的！

但我从他脸上看到的依然是几年前那挥之不去的倦容。

一个月之后，这张脸又在殡仪馆的黑相框里与我谋面，他的一位老乡说：很可惜，他的住房和购车贷款都已经还了一大半了，眼见着日子就快轻松起来了。

　　我不知道王大林如果活着的话，会不会同意他的这种说法。至于他最终挣没挣来人们对他的肃然起敬，因为参加葬礼的宾客太少，我也就无从得知了。

每个人都曾当过追星族

一家人正围着全家最小的成员小薇苦口婆心地教训她：像你现在这个样子整天魔魔怔怔地当追星族是很愚蠢的事情。因为高考不考"超级女声"，读重点大学的资格是看成绩而不是看你搜集到的明星签名有多少！

小薇被围在爷爷奶奶、爸爸妈妈和叔叔婶婶中间，但她一点都没有气馁，扬着李宇春发式的头，以王菲面对记者的表情冷冷地听着长辈们那些让她一句都听不进的话。

长辈们说得很来劲，丝毫没有停嘴的意思。小薇有些急了，腾地站起身说：你们说得都这么有理？我就不相信大家都没年轻过，都没追过星？

说完，冲出重围，跑回房间，把音乐开得山响。

这天晚上所有的长辈都有些失眠。失眠的原因，一半是头疼小薇的教育，一半是小薇那句问话，像拉开了手榴弹的弦，引爆了那些早已尘封在岁月深处的往事。

爷爷突然记起自己十几岁的时候喜欢看戏，为了看到自己喜欢的那个大腕唱戏，天天翻墙溜进戏园子看得如痴如醉，即使被守园子的人打了骂了，心里也甜滋滋的。后来，戏班子离开了，他居然从家里偷了 30 斤米背着，步行了 50 里路，追上去，继续看。半个月之后才回来，险些被他父亲打折了腿。

妈妈十几岁时，我国已进入改革开放时期，电影明星成为她心中的偶像，她虽然没有跳出去追着明星大呼小叫，但也有疯狂的举动——三天看了 15 场《小花》，并从此改名叫晓庆。

叔叔 13 岁的时候看《少林寺》看得发疯，险些跑到少林寺去当和尚，还曾千里迢迢跑到河南。

奶奶的追星是在老年时代。她自从看了某个气功大师的带功演讲和宣传，一下子拜倒在大师脚下，对大师说的任何话都不敢违逆，谁要是说大师不好，她就当场翻脸。一大群几十岁的白头发老头老太太挥手高呼大师的名字，比追星的孩子们也成熟不到哪里去。

当然，长辈们肯定不会把自己的这些告诉小薇。在他们痴迷清醒之后，都觉得这是一件不太荣耀的糗事。但设身处地的时候，却远没有那么清醒。

每个人都曾经崇拜和追逐过一些东西，这也许是成长过程必需的经历吧。

善良并不是什么惊天动地的事情

这是川西难得的一个艳阳高照的星期天，父亲母亲和女儿相约去公园喝茶。女儿大学刚毕业就幸运地被一家效益还不错的单位录用了，全家人都很高兴，决定趁着好的阳光，先到公园喝杯茶，然后去吃顿火锅庆贺庆贺。

公园里坐满了晒阳光的人，因为天气好，大家的心情也不错，随处都能听到快乐而兴奋的笑声。

好不容易在一棵黄桷树下找到一个位子，泡上茶，母亲把自带的水果瓜子摆出来。阳光把新长的黄桷叶照得鲜嫩耀眼，徐徐从这片绿意之中荡过，如清澈湖水中划过的一只木桨，把整个世界都漾得青影浮动，美丽异常，如一幅宁静而温暖的画。

这时，一个身影撞进这幅画里，一个黑瘦的老头一脸尴尬地冲他们笑，并用难懂的外地口音问他们刷不刷鞋？

他的身上穿着一件肮脏的老军干服，花白的头发里散落着灰尘和别的不知名悬浮物，眼睛浑浊。不知是因阳光的暴晒还是因太久没洗澡而形成的深黑的皮肤上，僵硬而呆板地纵横着无数岁月的划痕。他满是深黑豁口和伤疤的手上，拎着一个异于本地刷鞋匠小木箱的塑料口袋，口袋撕裂处，被深黑的风湿膏药修补起来，如他贴着同样膏药的脖子一般，显得很怪异甚至荒诞。

　　女儿看看自己脚上打折之后价值 500 元的鞋，再看看面前这个老头，不由得伸了伸舌头，打了个寒战。她的母亲，虽然没有伸舌头，但表情却与她相近。

　　倒是坐在对面的父亲开始解鞋带，脱下鞋，将脚伸进老头放过来的拖鞋里，女儿深度怀疑那鞋可能来自某一个垃圾桶，险些叫了出来。

　　老人拿了鞋，自顾自地到一旁刷去了。女儿提心吊胆地看他笨拙地刷鞋，无限担心地说：老爸，我看你的鞋算是毁了！我敢打赌，他绝对刷不干净！甚至比没刷之前还脏！

　　母亲也随声附和，说：今天太阳从西边出来了，居然要请人刷鞋？你平时不是都自己刷吗？要刷也要选一个水平高点的人啊！

　　父亲笑笑，故意抬杠说：我就偏不找水平好的刷，就要找这个刷不干净的鞋匠刷。

　　此语一出，母亲和女儿各自发出嘘声。

　　父亲说：你们晓得啥子哦？你看看那个老人，显然是个生手，这个年纪还出来，肯定有不得已的理由。打工肯定没人要，伸手乞讨，肯定不好意思，我光顾他一下，至少让他不把自己当乞丐，这又有啥子不妥的？一元钱可以买四个馒头，足够他吃一天了。

　　母亲和女儿都觉得有理，特别是女儿，从小就见过父亲干类似的事情，因而也就不再说什么。在父亲淡然的笑容鼓励下，她甚至有拿自己脚下的鞋去冒一次险的冲动。但看着老人那双拖鞋，她实在突破不了这个障碍，于是与爸爸耳语一阵，悄悄离开。

老人刷完皮鞋送过来，皮鞋上面果然如蒙了一层机油。父亲看了，笑笑说：看来，你还没有学会怎么刷鞋，不如我教你吧！

老人很不好意思地笑笑，然后点头说好。看得出，他对改善自己的技术，有极强的愿望。

父亲从洗鞋开始，到上油，到打蜡到抛光，一丝不苟，既精细又缓慢地用自己的鞋给老人做示范，然后，又从妻子脚下，取下鞋，让他再练一把。老人一边刷，一边不好意思地说：我这辈子连皮鞋都没穿过，更不要说怎么侍弄它了。

不一会儿，女儿回来了，手里拿着两双新拖鞋，一双是喜羊羊，一双是机器猫，很乖地笑着。

女儿把鞋递到老人手上，说：送给你，这下可以请你帮我刷鞋了……

老人用新学到的手艺，庄重而认真地给她把鞋刷得干干净净，其间，女孩还给老人讲了许多消费者的心理，以及干净的衣表对顾客的影响。老人一面刷着，一面似有所悟地应答着。他终于明白，自己这些天没有生意的原因。

这天是川西难得的一个艳阳天，风很轻，阳光很温暖，所有的人都显得很亲切。刷鞋的老人很开心，喝茶的一家三口也很开心，连在旁边偷看了半天的我，也很开心。

我比任何时候都更相信：善良，确实不是什么惊天动地的事情。

让我们的心灵"小康"起来

这几天，我接连听到几个故事。

其一，是一个女孩，从大二开始到毕业后参加工作，整整11年没回老家看过父母，其理由是因为当年离家时抛下的豪言——不混出个人样决不回家。她所理解的"人样"，包括有车有房有如意郎君和好工作，说白了就是有让父母向亲戚朋友们炫耀的资本。于是，11个春节，她都是在凄清冷寂的状态下度过的。11年，她和她的父母错过了很多亲切而温暖的相聚时刻。

第二个故事，是我亲戚的儿子，大学毕业后被一家外企录用，他为了不让同事们瞧不起，在买不起手提电脑的那段时间，愣是用电脑包装着一块菜板，每天上下班背着，背了差不多半年，直到攒钱买到手提电脑。我不明白，每天背着沉重的菜板走在上下班路上的他，究竟是什么样的感受。他说：你没在那里待过，体会不到没有好电脑如同没有穿裤子一样的痛苦。

第三个故事，是我的一位合作伙伴，这位在国企当老总的哥们被各种宴请搞得快发疯了，作为一个"三高"人士，他的各项健康指标已亮起红灯，而他的妻儿，也因无法和他一起吃家庭餐而颇多烦言。他是在我随口说哪天找时间聚聚时，倒出以上苦水的。他甚至无限苦恼地说：现在我觉得，谁对我好，就是不请我吃饭，让我在晚饭之前能回家。

以上三个风马牛不相及的故事里，有一种让人闻之骨寒的东西，我姑且将其称为"与小康时代不相符的心理状态"。这种心理状态，大多数时候都是隐性的，但它会主导人的喜怒哀乐，比如像第二个故事里的愣小子，一个月三千多元的工资，虽不足以致富，但养活自己并培养自己继续学习和发展的机会是完全有的。但就是因为心里急欲不想被人瞧不起而做出了让人匪夷所思的事，而其间忍受的苦恼，在我看来是完全不必要的——我不相信哪家企业，会无良到把没有手提电脑的人开除，而让他痛不欲生的，是他自己的感受。

第一个故事里那个女孩最终有没有回去见父母，她的父母多年未见她，其心境是想念还是愤恨，都不得而知。但可以确知的是，他们失去的，是天伦之乐，而这恰是他们眼中的"终极成功人士"所向往和欠缺的。第三个故事里那个年薪过百万，有好房有豪车的老总所向往的，分明就是他们弃之不顾的平静安定相亲相爱的生活。

多数人的生活已小康起来了。其过程颇有点像一个寓言：一群乞丐被关在饭馆门外，饿得眼睛发绿。突然有一天，饭馆老板宣布，大家可以进来吃饭，免费管够。当时的场景是可以想象的——乞丐们争抢、抓扯，用手抓用衣服包，也不管什么吃相，不管什么，都薅一把在怀中再说，唯恐老板猛然宣布停止供饭，好日子戛然而止。

但老板并没有宣布停止，而是宣布无限量长期供应。这样，抓在手中的粉条或抱在怀中的红烧肉的样子，就显得不那么好看了，大家紧张感消除的第一反应，是收起不雅的吃相；第二反应，是提升档次，要求老板来两杯并非饱肚子但能提升就餐品位感受的酒；而酒杯在手，发现手上、脸上、身上油渍斑斑，本能的愿望，就是换衣服；而一旦好衣服上身之后，自己的吃相和做派，也就不能不顾及了；一旦顾忌自己形象，并恬然面对食物的时候，他们也就不再是乞丐了，因为他们的心不穷了。

这个寓言所隐含的，便是改革开放以来某些国人的心态变化过程。小康社会，不仅指的是物质，更指的是一种与物质相适应的精神状态。这种状态是闲适、安然和充满幸福感的，它不为物质所困，更不为身外之物焦灼，它使人无论面对价高还是价低的东西，都能发现自己内心真正需要什么，而不是计较于它是否是名牌、价格贵不贵，是不是什么成功人士常用的。这样的人心里明白，不管是多高档或低级的床，只要能承载安然的睡眠，就是好床；无论多高级的车，不过只是位移工具；发自内心的富足感，才是真正的富足。而感受到富足感本身，就是奢侈的，大多数人，终其一生都在追逐它，更多的人，即使处在令人羡慕的富足生活中，也不知富足为何物。因为他们心灵中没有这种感知能力，他们永远无法安宁、快意并最终"小康"起来。

乞丐不许笑！

我回老家，总喜欢到罗汉寺里的茶馆坐坐。小城可供娱乐和休闲的地方很有限，难得庙里有一片开阔且绿化还不错的院子，听着晨钟暮鼓，闻着香烛与花草的幽香，和久不见面的亲朋好友聊天神侃，不失为一种舒服的休闲放松方式。

这天，我如往常一般在街边的小店吃上一碗带着发酵酸香的米粉，然后到庙里茶馆里泡上一杯花毛峰，还没等到茶中的干茉莉花在盖碗茶杯里被沸腾的开水"怂恿"，重新绽放美丽的第二春时，一个笑呵呵的人影，站在我的面前。

来人头戴一顶赵本山式的蓝色布帽，帽檐呈倒S状，滑稽地扭曲着。他的脸上，菊花般绽放着许多皱纹，以眉眼为中心，呈散射状向四面扩散着。

他走上前，冲我一抱拳，双膝呈弓箭步，一副梁山英雄见了道上兄弟一般地作了个揖，嘴里含混不清地说着一些难懂的方言。他身上并不太合身的大衣服如戏服一般，让人忍不住想笑。

努力听了半天，才明白他是来要钱的。恰好手边有块买茶找零的硬币，信手交给他，他无限感激，又拱手躬身70度一个揖，然后离去。

我的举动被后来的茶友看到了，他们用责备的语气对我说：

你怎么能给他钱呢？平时我们都不给他。

为什么不给他？

因为他嬉皮笑脸的表情，哪有乞丐像他那样，随时笑呵呵的，没羞没臊的样子，一点都不像乞丐。

那乞丐应该是什么样子呢？

乞丐应该身上有伤，脸上没笑。他又没缺胳膊又没断腿，一整天嬉皮笑脸的，经常还边走边嗑瓜子，优哉游哉，比我们都过得自在。

茶友说这话时，脸上有点忿忿然的表情。最后很激动地补一句：一定是个职业乞丐！

他的话，让我心中若有所动。这个乞丐，因为笑呵呵的表情，"太不像乞丐了"，而激不起布施者的同情心，这是因为长久以来，我们已见惯了乞丐们展示伤疤和痛苦的表情，尽管这些伤疤和痛苦，都有一些职业性水分，但大家仍然习惯性地愿意看到他们的可怜，而为了让人们可怜，乞丐们总是绞尽脑汁不断翻新着他们的伤口与说辞，这几乎成为一个成功乞丐必修的功课。

因此人们不愿意看到一个发自内心喜悦着前来乞讨的人。其实，在许多时候，乞丐是可以有理由微笑的，比如他一天讨到十几元钱，比打一天工或种一天地划算；比如在公厕里可以喝到水管里流出的比家乡好喝的自来水。这些对城里人没有什么吸引力的东西，对一个外来的乞丐来说，却是可以令他快乐的充足理由。他为什么不可以发自内心地笑笑呢？

我把这番话讲给那位茶友听。这位身价千万的企业家，似有所悟，说：确实是这个道理。我们也许习惯了惨兮兮的乞丐，而当一个乐呵呵的乞丐在面前时，感觉有些突兀和不习惯。其实，那乐呵呵的笑容，真的很难得，想来还有点令人感动呢。我们还因为他的笑容，而拒绝给他钱，想来也是走入了一个误区啊！其实，世界上多一个笑着的人，就少一个哭着的人，多好啊！

我们望着远去的乞丐，在相邻的茶座，他继续笑着作揖，在有的茶位上，老茶客们甚至像老熟人一样友善地和他打着招呼。虽然给他钱的人并不多，但他同时获得了快乐。而只有心底充满阳光的人，才会发出那样深至心底的微笑。

一个男孩长成父亲

我那80后的表弟当爸爸了，他的妻子为他生了一个6斤重的可爱小女孩，小家伙如懒猴一般酣睡在襁褓之中，让人既高兴，又担心。

高兴的理由自不必说，却也更让人担心，这主要与表弟二十多年来的经历有直接联系。亲戚家人都不约而同地担心那可爱的小宝宝会因为他那不争气的爸爸而多承受些三灾八难。

表弟人其实并不坏，从小到大也没干过在派出所待上三天的事，他干过的数得出的"坏"事，与大多数调皮男孩干过的差不多，不过是些往女生文具盒里扔毛毛虫或把老师的眼镜放到座椅上之类，顶多算得上是调皮。

应该说，亲戚们对他的担忧，缘于上几代人对80后的群体认识，认为他们大致以反叛、自私、贪玩、以自我为中心、狂妄、无责任心为主题词。这些，与一个合格的父亲所需要的品质，相差得太远。

就在大家痛苦焦虑地等待时，女儿顺利降生了。为了教育他，表弟媳死活要让他守在身边看着生产的过程，女儿降生时妻子疼痛难忍，他也没好过，手臂上留下几个指甲掐痕。妻子以这样的方式，与他分享分娩的痛苦。

表弟第一眼看到女儿的神情我没看到。但据他后来描述，那真是如触电一般，看着那个带着血迹、头发全湿、满脸皱纹，从温暖子宫突然降落到冰凉空气里本能地激灵和颤抖的小家伙，他的心也震颤了一下。

表弟因那瞬间的震颤而发生了剧烈的变化。最直观的变化，是他的睡懒觉毛病无药而愈。以往，即使闹钟也无法惊散的瞌睡虫，会因褓褥里那个小家伙不太匀称的呼吸而无影无踪，半夜吃奶、换尿片、抹爽身粉、喝水等一系列小情况，都能让这位前瞌睡大王如被电击一般振作精神。要知道，这些事，如果换在别的小孩身上，他绝不是这样。以往他的小侄女临时寄住在他家，让他立马起身宣布要到宾馆去开房。

第二个变化，是变得宽容起来。不独是容忍小孩的夜吵，就是对小孩她妈月子里时不时恃宠撒娇小闹一点情绪，他也能好言相对，并耐心体会，不像以往一般触即炸。这让家人们既受宠若惊，又小心翼翼。我私底下问过他，为什么会这样？他无限感慨地说：带了几天娃娃才知道，大家都不容易，特别是爸妈他们，一点一点把我们养大，以往我对他们还像仇人一样，真是不懂事。

这话转述给他父母，两老险些抱头痛哭一场，从此对他们的宝贝孙女照顾得更加小心翼翼，呵护备至。

第三个变化，是变得细心。以往大大咧咧的表弟，自从有了女儿后，变得特别细心。这让此前大家对他会半夜翻身把娃娃压扁之类的担心有所缓解。他总是细心到每次喝水都要滴在手背上试温度，甚至未雨绸缪地将家中一切可能打碎变成玻璃碴的器具请出屋，并将一切尖角的家具修圆。他甚至在给娃娃办上户口手续时，为了让娃娃六年后能上到一个更好的学校，而特意去迁了户籍。这种细致，让孩子的妈妈既感欣慰，又觉嫉妒，捏着女儿的鼻子半开玩笑半认真地说：孩子，你爸对我要是有对你的十分之一就好了！

事实上，表弟的变化也不仅仅只针对女儿一个人。他最重要的变化，是开始意识到责任这个词，当他看着床上安然睡着的一大一小两个女人时，一种一定要保护好她们，不让她们吃苦的想法油然而生。以往漫长而无聊的上班，因为这份责任，而变得有意思多了。以往敬而远之的家务事特别是炒菜做饭之类，因为能给妻儿带来喜悦，而变得不那么令人厌恶。以往时刻渴望的同事相邀的夜饮，也以"小宝宝还在等我回家"为理由，而婉拒了，以至于妻时不时还要提醒，不要显得太离群。

有人说，一个男人一生中最大的转折，并不是结婚，而是当了父亲。作为一个过来人，我是认同的，但我不知道比我们小得多的80后，是否也合乎这个规律，但从表弟身上，我看到了这种观念的传承。

一切变化都看似偶然，其实是一种必然。孩子是上天派来降妖除魔的天使，将我们青春时期的狂野、浮躁和叛逆，都一网打尽。世界上再没有别的能量，能抗过那一双无邪的眼睛；再没有一种再造力，抵得上这样的变迁——一个男孩，长成父亲。

我曾捡过别人嚼过的泡泡糖吃

我读小学三年级的时候差点被母亲打死。对于爱我甚于爱她自己的母亲来说，那一次打我无异于自杀了一次。

我挨打是因为五个泡泡糖。

对于现在的孩子们来说，泡泡糖或口香糖之类的东西已是很难入他们的眼。但正是这不被看上眼的仅值 5 分钱的小东西却让 20 世纪 70 年代末一个小学三年级的孩子着迷疯狂，并遭到母亲的毒打这听来似乎是天方夜谭，但如果不是我亲身经历，我也会这么以为。

但这一切千真万确发生了。

那时正是 1979 年，这一年对中国的意义想必大家都清楚。在这个百废待兴的年头里，我升入小学三年级。虽然国家的工农业正在逐步走向正轨，但物质供应依然比较紧张，很多生活必需品都要凭票限量供应。而生活中不那么必需的儿童消费品糖果之类，则少之又少。我记得那一年六一儿童节，我得到的礼物是二两鱼儿糖。所谓鱼儿糖，实际就是用白糖熬化加淀粉，加一些红黄蓝绿的色素，然后倒进小鱼儿模具中凝固而成的糖块。母亲为了买到这二两糖，从街头排到街尾站了近四个小时。

对于贪嘴的少年来说，没有糖和零食的日子实在难过。当时街上的小贩很少，花两分钱买一小袋爆米花也要走半个城，有时兴许还不能买到。我和小伙伴们曾经想过很多办法找糖或糖的替代品吃。比如去拔略有些甜味的芦苇秆嚼，到树上摘桑果儿或下田里摘野枸杞吃。我们还发现药店里有一种三分钱一粒的蜡封"山楂丸"。我们甚至还把治病用的"清凉丹"拿来当糖吃，结果搞得全身冒疮，狼狈不堪。

在这样的背景下，一粒放在嘴里甜甜的并能吹出一个白色泡泡的泡泡糖，其魔力是怎样，大家应该想象得出来。

班上一位父亲是采购员的同学最早把泡泡糖带进学校，并引起一阵惊叹。很快，大家就对这来自上海的泡泡糖着迷了。"上海"对于一群连成都是什么样的川西小城的孩子们来说无异于比梦还远。大家看着这位嚼着上海泡泡糖的同学，无限神往和羡慕。之后，大家便不约而同地开始巴结他，讨好他。他想要的铅笔、小人书和陀螺统统都飞到他的书包里，而同学们相应也得到一个或半个泡泡糖，吹出大大小小的泡泡。

我家里很穷，母亲无业，父亲微薄的工资要养活一家四口，他们能给我的学习用品，绝不可能多余到可以拿来换泡泡糖。于是，在班上半数同学都在吹泡泡的时候，我只有悄悄躲开，并为自己的贫穷流下泪水。

另外几个和我一样嚼不成泡泡糖的同学开始搞起泡泡糖配方的研制。不知是谁的主意，我们将麦子和牙膏和在一起嚼，以为能嚼出泡泡糖，但除了满嘴白沫之外，一无所获。

之后，我干了这辈子最为耻辱的一件事：从垃圾中捡起了别人嚼过的一个泡泡糖，包回家中，用清水洗洗，但总也洗不掉上面灰黑的尘土。之后，我怯生生地将它放进嘴里，品尝到这一生的第一个泡泡糖的滋味：苦苦的一股灰尘的味道。

我知道那不是泡泡糖的真味道。我比以往任何时间都渴望得到一个或半个泡泡糖，没有嚼过的那种。

这个机会很快来了。

那个唯一拥有泡泡糖的同学在得到了班上几乎所有的好东西之后开始对物质厌倦了。于是班上便常出现一些悬赏行为。比如谁敢吃半个橡皮？谁能连翻十个筋斗？谁敢到高年级的教师门口去骂一句粗话等。悬赏一至两个泡泡糖，往往有"勇士"敢于上阵，为泡泡糖搏一把。

照理这些有勇无谋的事都是少不更事的我的强项。但不知为什么，平时胆大的我突然莫名的羞怯起来。就连平时我认为最胆小的邻座也因为勇猛地爬上校园背后的梧桐树而得到泡泡糖，吹得一脸的灿烂，我都还没有出手。

悬赏一天天在增大，没得到泡泡糖的人一天天减少。

终于有一天，似乎像电视剧的大结局那样，泡泡糖的主人要玩票大的，奖品是五个泡泡糖。项目是在教室门上安机关，袭击老师。

这事没人敢做。班上再没有往日那种跃跃欲试的场面。不知为什么，大家莫名地都将目光对准了我，似乎这个奖项是专门为我而设的。

这种眼神和暗示似乎是一种鼓励，使我的虚荣心无限膨胀，再加之压抑了数天的对泡泡糖的向往，我居然站了起来，自以为勇武地走向教室门口，将一个装满垃圾的塑料桶放到虚掩的教室门上方。

这件事造成本节数学课因老师回家换衣洗头而改为自习。班上的几个当时喝彩最热烈的同学以更凶猛的姿态向老师举报了罪魁祸首曾颖。之后，母亲被叫到学校接受批评，而最终的结局是母亲用一只刺了两棵针的塑料鞋底在我的头上抽了七十几下，针孔扎在头上似乎至今尤有感觉。

我永远忘不了母亲打我时因绝望而失控的神情。因为在一向好胜而自尊的她看来，为了五个泡泡糖而放弃尊严的儿子，她宁可不要。

此事一晃就过去了快三十年，在这三十年里，我读书当工人当记者，生活总在贫困线的上下徘徊，也常遭遇到比五个泡泡糖大得多的诱惑，但我始终记着自己少年时自己所干下的那件蠢事，并深以为诫。为此，母亲很得意，说亏得当初她的那顿"毒打"，但我却不以为然，我认为真正让我锥心刺骨的不是挨在身上那些针，而是她看我时绝望的眼神……

帮助别人不要忘记别人的尊严

我读小学的时候，家里住房非常紧张，一家四口挤在 14.5 平方米的小屋子里，生活极其不方便，而所有不方便中，最大的就是洗澡问题。这事夏天倒还好解决，往小河里一跳就完事；而到了冬天，就成了超级困难的问题——在那间火柴盒大小的房子里，要摆上个浴盆，然后舒坦而不感冒地洗个澡，确实是不太可能完成的任务。

在小学四年级以前，我经常是整整一个冬天不洗澡。可以想象，那是怎样的一种脏哦！脖子和耳根，被一层泥垢糊着，而每年开春，膝盖和肘，就像戴了个黑色的护腕一样。

在我们班上，我只算是第二脏的，小丰子是第一名，他自幼死了娘，我的肮脏主要体现在冬天，而他的脏，却贯穿四季。

因为年纪小，我和同学们并没意识到这种肮脏的尴尬与可怕，我甚至没有丝毫的不适与不爽，每天照样该干啥就干啥，疯玩追打。

在自由自在当了三年多脏孩子之后，我们换班主任了。新来的老师老家在上海，是个喜爱干净的白面书生。他对我们并不太在意的脏很在意，在一次爱清洁讲卫生的主题班会之后，他把我和小丰子留下，问我们的家庭情况，包括父母工作单位、住房条件等。问完之后，沉吟了半晌并没有开腔。

几天后，老师叫我和小丰子到他家去帮忙做炭饼。那时，很多人家都兴自己做炭饼，将煤与黄泥混合成糊状，平铺在地上，然后用铁铲将它切成块，晒干便可以拿来烧。

像很多学生娃一样，我与小丰子因受到老师的差遣而感到兴奋和光荣。我们在老师家的小院里，拿着铲把炭一铲一铲地切成块，觉得既新鲜，又好玩。而铲煤、砸炭、和泥、拎水这些力气活，老师通常不会让我们做。他总是亲自出手，或让两个比我们大得多的女儿去做。

炭饼做好后，老师就会拿出香皂和毛巾，让我和小丰子到他家后院的一个小木棚里去洗澡。小木棚是老师专门设计的浴室，地板是水泥敷成的，下通阴沟，上方，则是一个巨大的汽油桶，桶边有一架梯子，老师爬上爬下往里装热水冷水，搞得头上直冒热气，然后用手试水温觉得合适之后，才让我们站到自制的铁皮莲蓬下，滚热的水如同一双小手，从头到脚，为我们洗刷掉肮脏的油泥，全身顿时变得暖洋洋的。

等我们洗完澡，老师让我们披上被子，等师母送来为我们洗好的衣服，那时我第一次知道，世界上还有一种东西叫熨斗，它能让湿而皱的衣服很快变干。

经过这样一番打理，我和小丰子像被以旧换新一样，完全变了模样，从那时起，我开始喜欢上干干净净走在阳光下的感觉，喜欢干净头发飘在风中的轻柔，喜欢老师家被子上那种干净舒爽的感觉。

此后，每隔一段时间，我和小丰子就会被老师叫去帮忙做炭饼或干点别的家务。我们把这看作是一种荣誉和享受。

班上无论学习还是纪律和卫生都最差的学生受到老师的如此青睐，引来的不平是可想而知的。一些同学因羡生嫉，进而生恨，传出老师是把我们当邱二（四川方言，跟班和奴仆的意思），免费使用我们的劳力。这话传在我们耳中，我们居然丧尽天良地相信了，并在一次帮老师做炭饼的时候有所流露。

老师的女儿听到我们的小声嘀咕，很生气，拧着我们的耳朵说：你们两个小坏蛋，居然有这么没良心的想法，我爸为了让你们可以洗个澡，费了多大心思？就你们干那点活，我们谁做不了？你们自己问问，你们做那几个炭饼，够不够给你们烧水的？

老师叫住了女儿。那天洗澡，我们是带着极强的犯罪感草草完成的。远远的，我听见老师在批评女儿：你怎么能说那样的话呢？帮助别人本来是件好事，但让受帮助者的尊严受到伤害，比不帮助他还严重。你要记住，尊严永远比帮助更重要！

那是我和小丰子最后一次帮老师做炭饼，此后，老师时常搞主题班会，偶尔要给同学们发一些蜡笔或本子之类的小礼物，而我和小丰子，得到的永远是隔壁机械厂的洗澡票……

那位老师，后来回了上海。而我在多年后离开了家乡，但那天在老师家的浴棚里隔着涓涓水声听到的老师的那段话，让我始终铭记，并指导着我的人生。

没有假日的父亲

不知为什么，每到逢年过节的时候，我都会想起我的父亲。

从我有记忆时起，父亲是从来没有假日的。他和 20 世纪 70 年代大多数父母一样，白天一分钟不停地奔忙于工作学习中；晚上，则还要为一家人的生计盘算。他当时是木匠，和工地上的几个同事一起，利用边角余料做过许多板凳和小木器具，拿去换回了包括泡菜坛子、磨刀石、毛巾、肥皂、泡沫凉鞋等日用品。这些板凳和器具，在当时市面上都比较紧俏，都是一些像父亲那样的工人们利用业余时间捣腾出来的。当时跳伞塔一带，常有这样的"非法"夜市供他们交换。

那时，母亲和我们兄弟俩生活在离成都七十多公里之外的什邡，这段现在看来并不算远的距离在长达十多年时间里成为消耗父亲假日的主要障碍，他骑着辆凤凰 28 圈自行车，每星期往返六个小时，日晒雨淋。从一个爱说爱笑对未来充满幻想的青年，变成了一个脾气有些乖戾莫测的中年人。这种变化，年幼的我是无法理解和明白的。直至多年后我也像他一样到成都打工，也在假日里，面对同样的 70 多公里的距离时，才有所体会。与他不同的是，我坐的是遮风挡雨的公共汽车，脚下是平整的大件路和高速路，所耗的时间，是双休日的四分之一。而他消耗在路上

117

的，几乎是假期的全部。

母亲引以为豪并深表感激地说过无数次，说：你爸爸只要一发工资，就是天上下刀子都会回来！

虽然天上从来没有下过刀子，但父亲却被这段距离折腾得累了，倦了，以至于做出了当时很多人都不理解的事，从省属单位直接调回县里。从一个领高补贴的技术工，转行成为一个没什么技术含量的起重工，并一直干到退休。对此他并没有什么后悔和怨意，因为这项工作使他离家近了六十多公里。

从此，父亲不再把假日耗在路途上了。但他并没有因此而轻松起来，并享受假日带给他的轻松。因为这时我和弟弟都长大了，而母亲却失业了。一家四口的伙食以及两个儿子的学费等重担都落在他肩上。

这时段的父亲的假日，几乎就耗在川西坝子的几条河道里了。他托朋友装了一台电子捕鱼器，每个假日就背着它到河里捞钱。他吃着沾满鱼腥气的馒头，喝着河里的水，每周捕到的鱼能为家里换回十几二十元钱。其代价是一次险些被自己电死，两次险些被洪水冲走……

后来，环保了，不允许电鱼了，他又改行贩起鸟来。在此后长达几年的时间里，他的假日都是这样度过的，不了解他的人，还以为他贪玩。包括我的班主任老师都这么批评过他，说他只知道玩，不管孩子的成长。对此，他只以苦笑对之。

后来，母亲做起小生意。父亲包括假日在内的所有休息时间都扑在了那个一天能为家里带来几十元收入的小摊上。其时，他已不太蹬得动自行车了，买了一辆建设 50 摩托车，奔走于川西的各种调味品厂里，买酱油、打醋、采办各种原料，忙累至今。

因为这时，我弟弟下岗了，母亲身体又不太好，他在年逾 60 之后，更加忙累了。

现在，假日对于父亲来说，不过是生意好坏的晴雨表。他一年的休息日不超过十天，比退休前还少。但好在他不再兼两份差，不再没白天没黑夜地奔走于单位和家里两份重体力劳动之间了。有一次晚饭，他突然说：现在，你们又有双休，又有大假，一年要要三分之一的时间，好安逸啊。其眼中不经意闪过的一丝光，令我的心颤抖了许久。

今年，我 36 岁了，父亲在这个年纪时，我已 12 岁了。我对父亲唯一的温馨记忆，就发生在那一年春天的某日，父亲那天没去贩鸟也没打鱼，他和我在家里扎了一条大鲶鱼风筝，风筝很大很黑，但因为骨架的竹篾削得太厚，我们在田野中飞跑了一下午，最终没有把它放上天。

那是在我记忆中父亲唯一一次不做任何挣钱的事，陪我玩的一个假日。

菜市上的亲情感悟

妻生病了。买菜这个艰巨的任务结婚多年来第一次落在我的肩上。妻在电话里交代任务时，显得很不好意思，总觉得这是给我额外增加了任务一般。

下了班，直奔菜市场。虽然平时上下班常打菜市场经过，但真正进去，还是第一次。仿佛刘姥姥进了大观园，看着那些式样各异的小菜和肉食品，还真有些不知该从哪里下手。

和大多数男人一样，我是不喜欢逛街的，更遑论烟火味十足的菜市场。在这个菜与人构成的海洋之中，突然有一些滑稽的感觉——要知道，我此时身处的地方，其实与我的生活是密不可分的，我平时所喜爱吃的五香排骨、鱼香丸子，大多在此。也许此时鱼贩子们盆里游动着的那些鲜活的鱼，极有可能就是昨夜我进肚里的糖醋鱼的父母兄弟呢；而菜板上那些未经加工的原生态的莲藕和土豆，竟让我突然感觉有些陌生。让我莫名产生一些顿悟的快感：吃了这么多年的烧土豆和炖藕，原来你的真面目是这样的。

在菜市场上游逛的感觉显然比在百货商场里的感觉好得多。这里虽然看不到百货商场里常见的时髦女郎，但这里随处可以看见各式各样的新奇美味的各色地方小吃，更主要的是，百货商场是一个让人感觉贫穷的地方，任你口袋里揣三五千元甚至上万元进去，也让你有贫穷的感觉。因为那里面有几千元一条的裤子几万元一个的手提包和等离子电视机。徜徉其间，让人感觉自己在慢慢变小，而那些贵得惊人的货物却正在变大。

菜市场的菜显然不会让人有这样的感觉。而对一两元一千克的各种鲜嫩的小菜以及几元到十几元钱一千克不等的各种猪牛鱼羊肉，即使你口袋中揣上 20 元钱，也不会感到恐惧和自卑。你会感觉钱在这个时候很值钱。只要你不去招惹进口水果之类菜市场里的贵族，这 20 元钱足以让你把自行车筐装得满满的，感觉富足愉快地回到家里炒上一大桌。

对于我这个初上菜场的菜鸟来说，最大的问题倒不是对菜市场的感觉，而是如何给病中的妻子做一份可口的饭菜，就像她日常对我做的那样。我努力在印象中搜索妻子平时喜欢吃的东西。不搜索不知道，一搜索吓一跳，结婚六年来，和妻子同吃了不下三千顿饭，竟没记下妻子最喜欢吃的是什么。反倒记得的是，这么三千多顿饭中，菜谱上无一不是我喜欢吃的东西。如果不上这次菜市场的话，我压根还不会反应过来呢。想到这里，我的头上竟莫名地冒出冷汗来。

我于是向一个年岁比较大的菜贩婆婆打听病人喜欢吃什么。说真的，这还真有些病急乱投医的味道。但老太婆还是尽其所能地对我讲了许多。在她提供的众多答案中，我凭感觉选择了大豆炖猪手。我以最快速度买了猪手和大豆，又买了一些水果。说真的，这种感觉很好。

回到家里，烧水、拔毛、淘大豆一通忙活，这道据说是世界上最好做的中国菜却搞得我汗流浃背，很快小家里泛起了香味。

香味晃晃悠悠地穿过空气，在病床上的妻子脸上显现出一丝甜甜的笑影。夕阳下的妻子笑得很美……

上过一次菜市场之后，才明白这些年来妻子为什么总对我不回家吃饭的电话充满埋怨，也才明白妻子为什么总在我狼吞虎咽时满含喜悦地看着我，问些咸不咸淡不淡之类看似无聊的话。也更加明白，在那些看似平凡但味美无比的菜之中，所包含的除了味精之外，还有爱……

从那一天起，我喜欢上了买菜。

父亲的一天

明天是父亲的生日，我给他电话，想祝他生日快乐。但话到嘴边，却又莫名地哽了回去，因为从小到大，我们父子间都没有用过这种正式的亲昵祝福，我怕他不习惯而觉得唐突和尴尬。他在电话那头，给我讲了家里的一些事情，还说他们在地震过后，又开始做小买卖了，早晨四点就起床去进货。他说这些话时，语气很平常，而我眼前，却是当天早晨无边大雨中他那越来越白的头发和越来越疲惫的身影。

在我记忆中，早起是父亲的习惯。在很小的时候，我总记得屋顶上的明瓦还漆黑的时候，他就会扛着那辆凤凰加重自行车出门。那时，他在成都上班，每周休息一天，为了不让这宝贵的一天全消耗在路途上，他总是起早贪黑地赶路。

后来，他调回老家工作，单位到家的距离，由 70 多公里变为 12 公里。这个变化让他非常快乐，为此牺牲了一级工资也在所不惜。

即便如此，他每天也必须面对来回 24 公里的上下班路程，照常是五六点钟起床，空腹骑车到单位，在确定没有迟到的前提下，买个馒头充饥。

在父亲三十多年的上班经历中，我有限地与他同行过几次，但因为年纪和兴趣的关系，对他这几十年所走过的路和经历的风霜雪雨，我都没有太深的印象。直到现在，我成为一个小女孩的父亲，每天婆婆妈妈地跟在女儿身后，为她捡去每一颗可能硌她脚的小石子，或在劳累一天疲惫回家不得不应付她合理或不合理的要求时，我开始理解是什么东西把父亲由一个充满幻想的青年变成一个性情乖戾，在众人眼中甚至有些古怪的老人。他所经历的人生，是由什么样的一天一天堆砌起来的？我开始在记忆深处，打捞和父亲相关的记忆，并努力把它还原，最终，我的记忆定格在我 14 岁那年的某一天，当时父亲的年纪和今天的我一样。

我记得那是寒假的一天，父亲心情似乎特别好，说要带我去单位玩。这是很难得的，我非常高兴，虽然大清早起床对于一个贪睡的少年来说是一件痛苦的事情。

我们早晨五点就起了床，我坐在凤凰车冰冷的后架上，一起到父亲所在的工厂。父亲这天破例带我去吃了油茶，卖油茶的老人刚生好火煮好油茶，为我们舀了第一碗，香香的花生脆脆的馓子混着黏黏的暖暖的油茶滑进肚里，让人浑身热乎乎的。

但这股热乎劲没维持多久，我们上车出城，车碾在铺满白霜的路上，发出叽叽喳喳的响声，公路被白雾笼罩着，鸡似乎也被冻住了，和远近的村子一样，沉默无声。

我们在路上走了一个小时，油茶带来的暖意已挥发殆尽，只剩下僵硬麻木的四肢。到单位时，离上班还有几分钟，父亲说：再吃个馒头吧。看得出，为了载我，他也特别饿。

馒头已经冷了，父亲说烤烤再吃。我们来到他所在的车间，在一个有炉子的小休息室里，他为我烤上馒头，然后让我做作业。自己拎上另一个冷馒头出门，不一会儿，整个车间机器就开始轰鸣，叮叮当当的金属碰撞声很有质感地砸进我的耳朵。

　　父亲是起重工，据说比其他工种多五斤口粮，这是父亲选择这个工种的唯一理由，当然，他为此付出的辛苦和汗水是否合算，却没人说得清。对于家庭负担重的穷人来说，辛苦和汗水，通常是不被计入成本的。

　　工间休息的时候，父亲满头油汗地进来，大喝两口放在炉边的茶水，工友们在一旁抽烟谈笑，他则不抽烟，只是笑笑，先前他也是抽烟的，但自从弟弟出生之后就戒了。

　　中午吃饭是父亲最快乐的时候，他和几个同龄的工友各自买一份菜二两酒三两饭，凑在一起吃。这天因为有我，他多买了一份菜饭，即便如此，他们桌上的饭菜，比起旁边的青工们的伙食，还是显得很粗糙。

　　和父亲一起吃饭的几位叔叔家庭境况都差不多，几个中年工人在一起聊的话题，不外乎儿女不听话、妻子吵着没钱或厂里的某人某事，这显然与我这个 14 岁半大孩子的兴趣不一致，因此，我也记不住他们说了些什么，只记得他们聊的事中，很少有几件是令他们高兴的，话语间充满着酒气和愤然。

　　中午休息的两小时，算是父亲最悠闲幸福的时段。通常，他是在车间保管室的两块木板上和衣而卧，中午的车间寂静而冷清，我躺在他身边，对他恬然的鼾声不以为然，心中想的是溜到废铁堆里捡子弹壳。那是我懂事后仅有的一次与父亲隔那么近睡觉，只可惜当时，除了想溜出去，还是想溜出去，就像后来对家的感觉那样，现在想重新回去，却已是不可能。

　　父亲午睡的习惯一直保留至今，这是他难得的仅有的幸福时光，四季不变，风雨不改。

　　下午上班，照例累得一身油汗。下班的汽笛响时，父亲带我到工厂浴室洗澡，这是我此行的目的之一，我们在人山人海的浴室里找到一个位置洗好澡时，天已经黑了下来了。我们和下班的车龙一起冲出厂门，父亲总是要在厂门口那些农民菜摊上买点土豆、白菜或四季豆，虽然比城里价格要贵一点点，但没有办法，因为等我们骑车回城，即使最有耐性的菜贩子也早收市回家了。

又是 12 公里，回到家里时，蜂窝煤炉已经熄了，父亲嘱我去外婆家接火，自己则去井台打水回家淘米洗菜。等我把火接回来时，父亲已把四季豆和土豆洗好，切成一堆，炉火一燃，马上开始煮饭做菜。因为煤很差火不旺，一饭一菜做好，差不多要消耗一个小时，这时，时间已近晚上九点了，妈妈也拖着疲惫的身子回家，一家人吃完饭洗完碗，都已经睡眼蒙眬了。

这是我记得的父亲普通的一天，不包含加班、买煤或与母亲吵架等非常状态。他的几十年，就是由这些琐碎的日子构成的，这些日子多得像秋天的叶子，没有人能数得清，更从来没有人关注和体谅过。很多劳累与不开心，累积进他的生命中，成为一个个无人看得见的伤疤。

现在，我也到了父亲当年的年纪，很快，我也会像一个没人理会的老人，目送女儿离家远去，成为一个远远守望孩子归家的老父亲，我不知道我的女儿，能否有空闲时间，回头想想她爸爸人生中某个普通的劳碌一天？我希望她有！我希望天下所有儿女，都能有记得父母为我们付出辛劳与爱的那份心思。

想到此，我握紧电话不想放手，听老父亲讲他凌晨四点起床去进货的退休生活。在电话里说家常是父亲反感的，他历来主张有事说事，免得浪费电话费。但今天，他似乎也忘了自己的戒律，有史以来第一次和我长聊了一次，历时五分钟……

菜盘中的界线

从小到大，我对父亲的很多行为和习惯都不适应，总觉得是旧时代那些痛苦生活留在他身上的印迹，让他始终无法跟得上时代。支持我这个观点的论据如秋天树林中的落叶一样多。比如，衣服不穿烂决不买新的；不和陌生人说话，即使熟人交谈也不涉及政治；即使胀破肚子，也不倒掉剩菜剩饭；即使把家堆成废品仓库，也不轻易将那些十年二十年都不会再用的杂物扔出去……

我曾不止一次地发誓，决不学习父亲身上的任何一个习惯，而且，我也身体力行地像一个反义词一样与父亲对立起来。

随着我出外工作并建立自己的家庭，做出了父母觉得还可以的小小成绩之后，父亲对我与他的不同，渐渐认同并放弃了敌意和妄图修正的愿望。很长一段时间，我也以为自己之所以能有点"出息"，完全是因为和父亲反着干的结果。

不久前，我搬新家，父母来庆贺，吃饭时，妻有事不能回来，让我们先吃，我拿起一个小碗要给妻子留菜，每样好吃的东西都夹一小份，放在一边。母亲笑着说：你终究还是学了些你爸爸的习惯啊！

母亲的话，让我有些惊异：我怎么会学父亲呢？对他的习惯，我可是避之犹恐不及啊！

母亲见我一脸困惑，就说：你想想，我们家菜盘子里的那条界线？

母亲不说，我倒真还忘记了，从我记事开始，我家饭桌的菜盘里，总会有一道若隐若现的界线，这是爸爸订的规矩，无论是谁晚回家，先吃饭的人都不能越过界线去夹菜。那时，家里经济条件不好，菜和饭并不是敞开供应的，特别是偶尔炒一份俏荤菜（菜多肉少），更是稀奇得牙痒，那时，我们正处在长身体时期，筷子就像长了眼睛一样。

我把父亲的这一规定当成负担，把它和饭桌上不准敲碗舔筷子类清规的成因，归咎于父亲少年时在师傅家吃饭所受的折磨，那时，每个人吃菜只能夹自己面前那一块，如果夹出界，轻则挨骂，重则饿饭，这给他留下了阴影。

然而母亲从不这么理解，她说：家里有任何好东西，都应该一个人都不落下，哪怕他们此时没有在桌上，也不能独吞。这是你爸爸碗里那条界线的意义所在。虽然大家现在已不稀罕吃什么了，但这种心意的表达，却是必要的。所以，看到你给家人留菜，我们都很高兴。

母亲的话，让我和父亲都不好意思地笑了起来，这是我们父子俩多年来难得有的一次相同举动。从这一刻起，我暗暗下决心，用今天的心态，重新对待父亲。

话语有时也是一种慈善

1990 年的冬天是我人生中最低谷的时期，相恋了近两年的初恋女友远嫁异乡；我工作的那家小电厂几近发不出原本就低得可怜的工资；而我一直倾注了大量心血的文学作品，投稿 100 篇，则只有 1 次收到编辑的回函。这唯一的回函，是一封退稿信，上面写着：世界上还有许多有意义的事情可以做，你何必要执着于写文章呢？

收到这封信时正是一个大雪天，我的心情已完全降至冰点。对于 20 岁的我来说，爱情、理想甚至饭碗，都已渺无希望地跌在地上，摔成了碎片。

我像被抽空了一般，恍惚地坐上班车，到几十里外的县城，想去看看母亲，然后任自己如一片雪片那样，随意地消失于这个世界的任何地方。

母亲并没在家，我决定到茶馆坐等。当时的我，穿了件几年前秋天买的单层夹克，浑身颤抖地瑟缩在茶馆背风的黑暗角落，眼含泪光地看着一缕缕白色暖气从褐色茶水中生出，又消失在干冷的空气里，像一声叹息。

就在我顾影自怜以为自己被这个世界的所有人抛弃的时候，一个人开始留意我。

他端详了半天之后，来到我的座位前，我抬头看，是本县一位算命先生，人称"柳神仙"，今天茶馆里人少，他把我当成了今天他的经济来源的希望。

"柳神仙"的面相，很像漫画书里的落魄海盗，瘦而黑的脸上挂着一串黑白相间的大胡子，酒瓶底样的眼镜用一根绳子拴着，挂在耳朵上。

我当时很少上县城，对他的情况及目的不甚了解，隐约感觉他不是个算命人就是个乞丐。

"柳神仙"虽然眼睛近视，但用鼻子都能闻出我的窘迫与落魄。他说：小伙子，有啥不顺心的事吗？

他的态度温和得像邻家老公公，让我鼻子一酸，眼泪就要掉下来。

他说：别伤心，我看你眉眼之间有清秀之气，是有慧根的人，你如果不介意，就把你的手伸出来让我帮你看看。

我知道这是他们这一行的开场白，是一笔业务的开始，但他舒缓的声音，却让我想听。

他又说：人一辈子都有不顺的时候，我看你的不顺就快结束了，马上好运就要来了，而且一好就要好 15 年。

我知道他是在讨我开心，但这些话让我绝望得冰冷的心，恢复了一丝丝的暖意。

整个上午，"柳神仙"几乎挖空了脑汁，把他知道的好听的话都对我讲了一遍。

尽管我对他的话半信半疑，但比之于刚进茶馆时的绝望，我的心情明显开朗了许多，这与"柳神仙"苦口婆心的劝导和他为我画的子虚乌有的未来希望有关。

那天，我把口袋中仅有的十元钱全部给了他，放弃了和母亲告别的念头，迎着大雪一口气冲回远在山里的小宿舍，拿起纸笔，继续开始写文章，迎接新的生活。

18 年过去了，"柳神仙"所说的好运气，我倒是没有看到少，但我终于如愿在报纸上发表了文章，并借此走上传媒行业，得到可爱的妻子女儿和由此而来的幸福安详的生活。这一切，都源于那一天我没有放弃，这一点上，"柳神仙"功不可没。

如今回老家，偶尔还会遇到"柳神仙"，还会听他以我为案例，招徕生意的　些趣事。至少有十个朋友向我提起：听"柳神仙"说当年你给了他钱，而数目，则是从一百元到三百元不等，大致与"柳神仙"印象中我的身价跌涨有关。我对此都没有否认，只含笑说：他当年确实帮助了我，效果很好！

"柳神仙"在无意中让我明白一个道理：对于一个身处低谷满眼绝望的人来说，几句暖心的话和望梅止渴式的希望，绝不容小觑。这也使我养成了一种习惯，凡遇神情郁闷的人，多以温暖和宽厚的语言待之。不管初衷如何，但对方能从中读出一些暖意，总是一件功德无量的事情。

第四章

你不必买下那片风景

我所追逐的，是否是我最想要的？

我们是要买下那片风景，却忙得无暇观看；

还是不必买下它，而用欣赏的心境远观呢？

你我都是"人心"

我的外公是个铁匠，一生勤劳、善良、贫穷。他用自己长满茧子的双手，与冰冷坚硬的铁打了一辈子交道，他让众人更多地认识了打铁匠既温暖又柔情的一面。这是所有认识他的人对他的共同印象，在粗实平凡的外表下，也有一颗温暖而柔软的心。

外公一生做过多少好事，他自己也说不清楚。这些不计其数的好事，堆砌出一个好人的形象，"好人"是对他发自内心的褒奖与赞叹。

据外婆讲，外公做的第一件好事，就是在他小小的铁匠铺里安上一个巨型茶桶，每天早晨第一件事就是烧上一大桶开水，泡上什邡红白山上独有的山茶，然后放上几个洗得干干净净的土碗，任那些赶集的菜农和挑夫们自取自饮。无论春夏秋冬，一口气坚持了好几十年，直至后来"公私合营"，他进了铁器社，领导们认为上班时间不应该干这种"私事"，加之后来也不怎么兴赶集了，才最终结束。

一件善事能坚持几十年，就可称得上是一个壮举，特别是这是一个贫穷的重体力劳动者每天额外给自己加的，就显得更不可思议。而说起这件事的缘起，则更是让人震撼。

那是外公二十几岁时一次外出的经历，那一年他下乡去卖铁器，挑着一堆沉重的铁家伙走乡串户，天气又热，担子又重，汗流浃背，失水甚多，一时间口渴难忍，见前方路边有一小院，于是上前求主人给他一碗开水，主人摇头说没有。他又求说开水没有，冷水也行。主人顿时变脸，阴阳怪气地说：冷水要人挑，热水要人烧，都没有！

这句话像钉子一样凿进了外公的心里，让他记了一辈子，在此后的几十年里，他曾无数次地向儿孙们提起，他觉得人对人的刻毒言语，至此已极——在那家人的小院里，有一口水井，水井旁有一灶，灶上正有一个瓦壶，正呼呼地冒着热气。赠人一杯茶水，不过是举手之劳。但这家主人，却连这举手的善意，都不愿施予别人，还口出讥讽之语，可谓刻薄之极。

在经受了刻薄与磨难之后，人们有多种反应，最典型的有两类，其一，是变得更阴暗也更变本加厉地将这份刻薄与磨难还诸世界，如同多年被婆婆虐待的媳妇熬成婆之后，以自己受过苦为由，将这种不平经历变成恶意待人的理由；而另一类，则是知道刻薄与磨难的可恨与可怕，不愿别人再体验和感受到那份苦。我的外公，因为要水而遭人冷眼和讥讽之后，没变得吝啬，相反，却因为知道渴者的心情，而发愿在小小铁匠铺门口，摆上一个与打铁业务完全不相干的免费茶摊。为此，从事重体力劳动的他，每天要额外早起挑水烧茶，家中原本拮据的收入中，又多添一份煤和茶的支出，但外公却乐此不疲，坚持了半生。

外公晚年曾说过一句话：人们常说人心不古，其实，当你遇到当年那个吝茶者时，你就会感到人心不古，世风日下，心生无限悲凉；而当你遇到我时，你就会感到世风尚好，人心有救。这世上多一个施茶者，就会有更多人感到世间的美好，感觉世界美好的人越多，世界不就变得更美了吗？

　　这句话成为他的儿孙们的座右铭，即使在他去世四十多年，我们在做某些事时，还能记起他说这句话时庄重而愉悦的表情。

你不必买下那片风景

这句话，是多年前听一位陌生老者说的。那时，我正因一次失恋独自跑到距当时工作的小电厂五六公里远的李冰陵（纪念蜀郡郡守李冰而修建的陵园）去散心，彼时的我，兜中无钱，中心有怨，自我评价已低至谷底，甚至感觉自己活得连田边拱土的小猪都不如。

那天的夕阳美得像幅画，好像故意与我唱着幸灾乐祸的反调，我的心情也极其糟糕。

而就在那一刻，我听到一位老者的声音：其实，你不必买下那片夕阳，有欣赏它的心境就够了！

老者是在和旁边一位十七八岁的小姑娘在说话，此前两人可能正在讨论买什么东西。我和他们的相识，也就仅此而已。而且，这段话与当时我的心境没有半分钱的关系。

老人那句无心的话从我耳边飘过，如同当天从我面前随意飘过的树叶或天空中偶尔飘过的鹰的影子，并没有给我糟乱得如同糨糊的心情带来任何立竿见影的改观。我没觉得它与我每天听到的成千上万句话，有什么分别。

又过了一些年头，我到德阳上班，其时正为朋友和同事们在美丽的旌湖边拥有漂亮的房子而感到羡慕嫉妒。坦白地讲，那时的房价并不贵，但我的积蓄更羞涩。于是，从旌湖边过时，常因自己的心态，而把四时的风景，都看得灰暗。直至某一天，我碰到那位在湖边打扫厕所的老人，面对夕阳，他坐在被他精心拾掇得如小花园的公厕前，怡然地喝着香飘很远的咖啡。这时，多年前无意听到的那句话，又怦然撞进我的脑海：你不必买下那片夕阳！

此时的我，已听过"纵有家财万贯，买不到夕阳不下山"之类的谚语，也不再为《麦琪的礼物》而感动。那时的我，渐渐开始产生与作者想法完全相反的念头——没有漂亮的发夹或怀表链，又不会死，何必为追求自己所不必需的东西而失去自己拥有的？也许正是基于这个原因，我最终没有举债买湖景房，而是每天饭后，背着一个茶杯和一本书，跑到湖边去蹭它们的风景。我确信，那几年时间里，我闻到的花香、听到的鸟鸣和感受到的拂面清风，以及由此带来的快乐心境，是真实的。

接下来的几年里，我辗转到成都打工，也大致保持着这样的心境，无论是前期的租房还是后期迫于孩子读书而按揭买下的小户型房子，都以离公园或河边近为最佳选择，闲时跑到公园的小树林里，借一片阳光或梅香。我知道自己不必先买下那片树林，才可以在那树荫下泡茶看书，如同那个著名的段子里所讲的那样，你不必在拥有整支船队和沙滩之后，才躺下来晒着太阳休息。

也许正是这个原因，我这么多年来没有买过一辆汽车，却完成了无数想走就走的旅行；我没有拥有一大屋子古董，却在博物馆和古玩店见到过无数的奇珍异品，并交到了很多有相同爱好的朋友；我没有拥有一大堆音响设备，却每个星期在电器商场体验各种顶尖设备，并见证它们的进化和演变；我没有拥有一大堆咖啡壶和茶具，却在不同的地方，体会到各种咖啡和茶饮带来的愉悦感受……

从物质的意义上讲，我没有拥有过什么好东西。但从使用的意义上，我又好意思说自己没有拥有过吗？

此前多年，我一直对自己这种近乎阿 Q 的拥有观，有种不敢示人的惴惴不安。直至最近读凯文·凯利的一篇文章，才稍有释然，凯文·凯利在那本据说可以预计未来三十年发展趋势的书《必然》中提及未来社会的特征时，认为"共享"将成为一种消费主流，这种趋势在当下社会中已有所体现——遍布全球的出租车公司优步，营运车辆居然没有一辆是自己公司的。在互联网技术的推进之下，共享使用权的新型消费理念，将淡化人们从原始社会到农耕社会到资本时代对物质疯狂占有而后心安的欲望基因。重视使用权为前提的减物质化，将逐渐成为新新人类的心态。断舍离的兴起就是这一心态的缩影。社会中无所不在的以共享使用权为手段的新兴创业项目越来越火爆的背后，暗暗昭示着一种新趋势的来临。

我不确定这是否是在为不求上进的生活找一个不那么自惭的理由。但可以肯定地说，这至少可以让自己在焦灼而奔忙的追逐中，停步下来，问问自己：我所追逐的，是否是我最想要的？我们是要买下那片风景，却忙得无暇观看；还是不必买下它，而用欣赏的心境远观呢？这是一个值得好好想想的问题。

哄哄你的小幸福

很多年前，我刚当记者的时候，遇到一个奇人，他是垃圾处理场一位捡垃圾的流浪汉，每天捡完垃圾，都要洗干净脸，换上一件干净的衣服，到垃圾山顶上去放风筝。这在很多人眼中，简直是不可理喻的事情——在他们看来，这个每天收入不超过30元的光棍，好像没有任何理由和资格去做这么悠闲的事情，要知道，他把每天浪费掉的那几个小时，拿来到垃圾车下去深挖细刨，能够多收多少再生资源，换回多少钱啊？

这样的事，在我常喝茶的茶馆里也遇到过。有一位乞丐，年纪很大，常来讨钱。这个乞丐有一个爱好，就是嗑瓜子，口袋里常常揣着一包瓜子，常在行进中扔一颗进嘴里，牙唇挤动，两片蝴蝶般的瓜子壳就飞了出来。看着飘然而去的瓜子壳，他的脸上会闪过惬意而幸福的微笑，就像垃圾山上那个放风筝的人看着天上那如同他出窍的灵魂一般的风筝。

对比一个有着鲜艳的伤疤的乞丐，带着一脸惬意小幸福来乞讨的人，是无耻的。特别是他面对的施主们，正被这样那样的心事搞得心烦意乱的当口。

这样的心态，在不久前网上热烈争吵的环卫工人扫落叶堆成爱心形状的事件中也有过闪现，一些人愤怒声讨那个环卫工人

人生是一场无人相伴到底的旅行

——作为工资那么低劳动强度那么大的体力劳动者，你们不仅没有愤怒和不满，甚至连苦累之后的疲惫与心灰意冷都没有，居然，居然有闲情逸致，来消费这份苦难。真是哀其不幸，恨其不争啊！

不能不说，这种把人们的地位与生存状态机械地绑定，不相信或不容忍偶尔的特别，是许多人认识上的误区，它忽略了人的多面性和多种需求，而把快乐与幸福，理解成为一种僵化的，只与地位、物质和金钱有关系的东西，一旦离开这些支撑，快乐的感觉就不真实。但持这种观点的人永远无法回答，许多地位很高的有钱人会失眠甚至跳楼，他们拥有权力、财富与尊贵，这些东西却没有将他们带向欢乐的彼岸。由此可见，他们之间并不存在必然的联系。

这并不是说物质和地位不重要，宝马车上坐着的人不一定会哭，自行车上的人也并不注定永远在笑。物质和地位是引我们通向幸福的工具，而非幸福本身。真正的幸福，是有一双发现美与幸福的眼睛，并循着它往前行的心。因为有了它，垃圾山上的风筝已不是风筝，老乞丐的瓜子也不是瓜子，而环卫工人堆出的，已不是心形的枯叶，而是一颗希望今时与往日不一样的求善求美之心。

我不赞同一些价值观鼓励弱者成为弱者，并安享弱者的地位。这是将艰难的跋涉与片刻的小憩敌对起来；将辛苦的创业与偶尔的放松对立；把倾力求取成功与享受路途瞬间的美景势不两立。这种一根筋式的求索方式，会让我们因此失去享受的过程，而错过许多的乐趣。在越是艰苦的路上，我们越需要用一些看似美好的东西鼓励自己。

行文至此，我想起 1993 年 11 月 24 日，那是寒风凛冽的一天，我在四川什邡朱家桥，一段撕心裂肺的爱情破碎，令我痛不欲生，我独自一个人任由绝望的心境带领，前往青嘴山的手爬崖，打算从上面飘下来。在半路的一家幺店（四川方言，即路边小店）里，突然想喝杯茶，老板娘用粗碗泡出一杯山茶，茶气温暖，店里黑白电视上正在放一段纪录片，讲的是沙漠深处的一群土著人，他们缺水少粮，在滚烫的沙里埋面做馍，却经常弹着木卡姆，发自内心地唱着快乐的歌。我不知道是那杯茶的香暖之气，还是电视里阳光灿烂的歌声拯救了我，一股对生的愿望和对未来的信心与勇气，油然而生，鼓励我从失意中奋起，并保留至今。

一瓶啤酒决定的命运

一位朋友喜欢玩扑克算命的游戏，凡被他算过的，都觉得他算得非常准，他甚至通过牌的点数，来推测某人的人生道路决定于哪一年的某一件事，令被算者点头敬服狂称其为神人。

看着他凭此技在各种场合成为中心人物，被大家众星捧月地拱围着，我甚是羡慕，也想跟他学习几招，以图星星跟着月亮走——沾沾光。

但那小子居然故作神秘，非得敲诈一顿伙食，于是以此为由头起个饭局，三两盘乌鱼肥牛和四五瓶啤酒下肚，居然还真吐出了算命的玄机。

他说：算命，如同读书一样。每个人读书，都只读自己感兴趣的书，所谓读书读自己，无非是取得自己心灵的认同。我这种算命法的诀窍也在于此，只是将一个问题抛给对方，让对方在自己内心去寻找对应的事件。比如说，我抽出一张红心五，就故作神秘地对他说：你的人生道路，决定于五年前的一个选择。对方就会自己寻找五年前我究竟做了什么选择？谈恋爱、结婚、取得文凭、结束一段恋情、生病、认识某人、参加工作、辞职、拿驾照、考试不及格等，每个人都能找到一个对应事件，来说明自己的今天，与五年前那件事有直接的联系。

听了他的诀窍，我心中突然一震。反复思量他的话，发现他这个秘诀的背后，潜藏着一个更大的秘诀——我们所经历的每一件事，其实关乎我们的一生。

在人生道路上，我们每天都在做着选择，我们每天都在脑海中按动那一个个看不见摸不着却实际影响着我们生命进程的按钮，这些按钮，打开一个又一个的人生之门，将我们指向不同的可能性。如同郑钧的歌里唱的那样：

我们的悲欢就在一念之间，天堂和地狱每天都在身边。

这有点像电脑中的"虚拟人生"和"长成史"游戏。玩家每一分每一秒都在做着各种是与否的选择，通过一件件穿什么衣服、吃什么食物、养什么宠物、读什么书、玩什么游戏之类的琐事，引导游戏中的主人公或变为令人尊敬的绅士，或变成举止粗鲁的粗人；或变为文静温婉的公主，或变为刁滑邪恶的巫婆。在一个个是与否的选择中，人生就被定格了。

与电脑游戏直观短暂立竿见影的结果不同，我们对人生的抉择，往往更漫长更隐性，有的甚至会在长长的几十年之后，才显现出其影响的结果来。而人们往往因为这影响的漫长与隐性，而忽略它的存在和影响。如同抽烟，人人皆知其可能有害，但因为其害处没有大到抽一口就立即倒毙的程度，多数人对其也不以为然。

而更可怕之处还在于，我们对每一种选择所产生的后果，不能有一个清晰明确的认识，何者通往善？何者通往恶？何者通往幸福？何者通往痛苦？何者是安全？何者是危险？都没有一个明确的答案。

汶川大地震前，我的一位朋友与人结伴自驾去映秀，中途在

人生是一场无人相伴到底的旅行

路边农家乐吃饭，饭后上路时，与老板为是否多收了一瓶啤酒的钱而发生争执，同行的伙伴劝他算了，几元钱的事情，不必计较。这时他就面临一种选择：要么查清楚；要么不清不楚，走人！较真的性格让他选择了前者，经过查找，终于搞清，是老板把邻座的酒瓶搞混了。他为此耽搁了五分钟，他也因此，在大地震来临的那一瞬间，没有开上百米外的大桥，而他那位心急同伴的车，正好开在桥中央而躲过一劫……

　　人生中有许多偶然得近乎琐碎的小事情，在冥冥中决定着我们一生的走向和结果。当我们明白这个道理后，是否对自己生命中的每个细节和选择，多一份尊重与小心呢？

从流浪小女孩起笔的名校校史

谁能想象得到，美国历史最悠久的大学之一，至今仍享誉世界的著名高等学府费城大学，有一段那样震撼心灵的建校史——他们坚持认定的学校始建者，是一个乞讨并冻死在学校门外的流浪小女孩。如今，从世界各地慕名前来参观的游客们，都能在学校主楼的大厅里看到她的画像，她衣衫破烂，形容消瘦，一看就是让人避之犹恐不及的乞丐，她，怎么会是这所知名大学的始建者呢？

这个故事的源头，发生于1803年，当时，从独立战争中刚刚走出来的美国被凋败与贫困笼罩着。小女孩和母亲作为战争难民流落到费城，以乞讨为生。她们在当时还是一所贵族学校的费城大学门外乞讨时，小女孩时常被围墙里传来的琴声与读书声吸引，她非常渴望能近距离地听到这些美好的声音。

有一天，学校举办音乐会，小女孩想进学校的愿望达到了顶点。她试图溜进学校，但被看门人发现并严加拒绝。就在她伤心难过的时候，一位路过的老师出于同情，把她带进学校，让她看到天堂一样的学校和打扮得如天使一样的富家子弟学生。她问那位老师：我为什么不能成为他们？

老师不忍伤她的心，只是搪塞地说：因为学校太小，只能容纳富人家的孩子。将来，等学校扩大了，一定会欢迎穷孩子们来读书！

这个连他自己都不相信的善意谎言，却让小女孩相信了，她的上学梦也因此被点燃。此后，在乞讨中，她悄悄开始攒钱，希望能为学校的扩建，添一点力量。这一行动，即使在母亲染病去世时也没停止，直至在一个冬雪飞舞的日子，她变成白雪下一具小小遗体。收尸人在她身上发现57美分和一张小小字条，那是她母亲生前教她写的文字，上面写着，她希望把这笔钱，交给学校，以便使学校的扩建，能快一些！

这段催人泪下的故事，催生出了近百亩土地和校舍——被感动的地产商、建筑商和材料商以及工匠和大众们，捐地的捐地，捐建材的捐建材，大家齐心协力，将那所小小的贵族学校，逐渐扩大，并最终建成占地近百亩的大型公立教育机构，并更名为费城大学，该校至今保留着对家境贫穷的寒门学子减免学费并提供生活补贴的传统。

一所有两百多年历史的学校，如同一条有千万条小溪汇入的滚滚大江河，很难说得清哪一条支渠中的哪一颗水滴，是它的发祥源头。而选择将哪一件事和哪一个人作为校史的源头，其实是一个主观色彩很重的举动，它更多地彰显了选择者的价值取向，这种价值取向，直接影响着一个学府的精神气质和人文水准。与那些选择非富即贵的名人大腕作为荣耀旗帜的大学相比，费城大学用这个名不见经传甚至压根选姓名都没有的小人物作为学校的创建者，不仅不掉份，反而是为其增色不少，人们在提起它时，不仅仅是赞叹，更多的是敬畏。

试想，假如换一种思维方式，用非贵即富的选择标准来写校史，这位小女孩，是否能挤入厚厚史册的前 200 页？那些政客、巨贾、名媛与将帅拥挤的史册，从来不是小人物们待的地方。与那些令人敬而远之的大功业大人物相比，我们更愿意亲近的，还是像费城大学小女孩与 57 美分的故事。女孩是小的，却恰好成就了大学的"大"。

与罗大佑有关的往事

我第一次听到罗大佑写的歌曲是《童年》，那一年我读初中二年级，刚刚过了童年，当我听到"阳光下蜻蜓飞过那一片绿油油的稻田，水彩蜡笔和万花筒画不出天边的一条彩虹"，忍不住有一种无限神往的感觉，这首欢快的歌曲背后，竟有着岁月匆匆无以挽留的忧伤，这似乎是罗大佑歌曲中标志性的东西，也正是这点属于青春期的美丽忧伤，深深地拨动着我们这代人的心弦。虽然，那首歌是刚出道的成方圆演唱的，但我仍深深记住了那令我心悸动的曲风。

之后，又听到他唱的《恋曲1980》，几乎又是在唱我们的心声："你曾经对我说，你永远爱着我，爱情这东西我明白，但永远是什么？"忧伤，还是一如从前的忧伤，让我们这一批每天跃跃欲试想对姑娘们说点什么的毛头小伙子，突然有找到了代言人的感觉，校园操场上，女生楼下，晚自习的路上，冷不丁就会听到一句吼声"姑娘，世上没有人有占有的权利"。各种激愤、无奈、渴望，都包含在沙哑的模仿歌声中。

那时候的罗大佑与我们一样，是年轻的、激情的、渴望爱与感动的，同时，也是期待社会向着自己期待的方向发展的。于是，他用《之乎者也》《现象七十二变》，共鸣着他对"剪刀等待之，清汤挂面乎"的困惑，愤懑着"有人在大白天里彼此明争暗斗，有人在黑夜之中枪杀歌手"，无奈着"彩色的电视变得越来越花哨，能辨别黑白的人越来越少"。这时候的他，对世界充满了悲观与怀疑，对现代对传统的冲击，充满了担心和恐惧。

与青春期的浪漫与诗情相对应的，是青年时代对人间各种迷惘困惑的拷问。这个时代，他既有《野百合也有春天》的幽婉，又有《未来的主人翁》式的忧患，还有《明天会更好》的期待。我们就随着他的音乐与诗般的歌词，或哀怨忧伤，或慷慨激昂。

我这辈子唱的第一首卡拉 OK 歌曲是《恋曲 1990》，那个昏黄的下午，在一家舞厅的试音现场第一次见到那叫卡拉 OK 的机器时，正从一场失恋中走出来的我，唱着"或许明日太阳西下倦鸟已归去"时，不由得泪流满面，被感动得一塌糊涂。这时候的罗大佑，也和我们一样，历经了岁月与爱的磨炼，而变得深沉而哀怨。两个热血懵懂的少年，变成情感深挚的中年人。

又隔了许多年，当我整天埋头于生计，无暇望天也无暇听歌和欣赏谋生以外的任何事情的时候，某天夜里，独自走在大街上，任由冬夜的风吹掉白天沉积在脑中的各种信息时，突然，手机响了，是一个陌生号码，里面一个女声在嘈杂中冲我大声吼："我在罗大佑演唱会，他开始唱光阴的故事了，你听……"

我恍然记得，这是多年前的一个约定，我和一个女孩相约去听罗大佑的演唱会，但世事难料，最终我们没有走在一起，更没有机会去看演唱会，而想不到，在多年后的一个意外的夜里，她在听演唱会时，猛然想起这件早已淡忘的往事。二十年岁月如一场烟雨，嘈杂的电话里传来的光阴故事，依如我们年轻时听到的一样悦耳：

人生是一场无人相伴到底的旅行

春天的花开秋天的风
以及冬天的落阳
忧郁的青春年少的我
曾经无知的这么想

风车在四季轮回的歌里
它天天地流转
风花雪月的诗句里
我在年年地成长
流水它带走光阴的故事

改变了一个人
就在那多愁善感而初次
等待的青春

发黄的相片古老的信
以及褪色的圣诞卡
年轻时为你写的歌
恐怕你早已忘了吧
过去的誓言
就像那课本里缤纷的书签
刻画着多少美丽的诗
可是终究是一阵烟
流水它带走光阴的故事
改变了两个人

就在那多愁善感而初次
流泪的青春

遥远的路程昨日的梦
以及远去的笑声
再次的见面我们
又历经了多少的路程
不再是旧日熟悉的我
有着旧日狂热的梦
也不是旧日熟悉的你
有着依然的笑容
流水它带走光阴的故事
改变了我们
就在那多愁善感而初次
回忆的青春

是啊，不再是旧日熟悉的我，有着旧日狂热的梦，也不是旧日熟悉的你，有着依然的笑容，但此时，电话两头无语竟凝噎的感觉，使我们惊奇地发现，我们已有太久没有听着歌流泪，而此刻脸上冰凉凉的，是不是在感怀我们回忆里的青春？

偶像的代笔者

关于枪手和代笔的话题，让我想起一段往事。

不久前，我在成都意外碰到当年的文友小戈，十多年没有见面，小戈已经变成"中戈"了，我们俩就近找了一家河边茶馆，点了茶，聊起了各自的近况。

小戈和我是同乡，来省城之前，都在山里上班，我在前山的电厂，他在后山的磷矿，我们是在县文化馆召开的笔会上认识的，说了彼此的单位后，我们发现对方离自己原来只有十几里山路，于是相约多聚聚，那是 20 世纪 90 年代初，文学已不再热门，我们各自为在工作单位里找不到交流的对象而痛苦着。

此后，我们便开始交往，通常，我们会背着各自单位食堂做的馒头和卤肉，用可乐瓶装一瓶山里土酿的山楂酒，带着自己近期写的文稿和读的好书，到离我们两人工作单位路程基本相等的鹰嘴山上去碰面，那里有座小庙，小庙面向广袤的平原，坐在门口的土台上，每有风起，前方是风云涌动，背后是万树轻舞，头顶上，时有苍鹰盘旋，发出悠远而尖利的啸叫，响彻云霄。

这是个宜于产生诗歌的好地方，尽管庙里的茶叶很粗，但水还好，泡出来反倒有难以言说的奇怪香味，像我们那时的文字，虽然粗糙，但仍有着清新与纯洁。

很多时候，我们并肩坐在山冈上，一句话都不说，只看着夕阳远远如一滴血样悄悄浸入黑夜。在我们心中，都有一个秘而不宣的愿望——总有一天，我们会到远方，那个夕阳跌落之地去看看那里究竟有什么。当时，我们的文字里，无不闪着这样的想法和愿望，我们渴望像蝴蝶挣脱蛹一样，摆脱自己当时物质精神双重贫乏且没有诗意和前途的痛苦生活。当时，我们天真地认为，文学就是我们飞行的翅膀。

后来，我们先后辞了职。我到电视台打工，开始了自己的新闻之路，而小戈选择了去省外一家文学院进修，并继续他的文学之路。后来，我们都结婚生子，并辗转到了省城，我到一家报社，他到了一家文化公司，各自为生计奔忙，也很少再联系。

坐在河边的茶馆里，我们又像回到往昔的岁月中，各自聊了自己的近况，我们相互都有些羡慕对方的状态。我羡慕他出了几本书，而他羡慕我收入稳定且买了房子。说到这些时，我察觉出他眼中闪过一丝不易察觉的感伤。

我故意岔开话题，问他是否可以赠书给我，他拿起包，伸手去掏，但突然又像被马蜂蜇了一样抽回手来说：今天没有带，改天，改天吧！

在他打开包的那一瞬间，我看见里面分明有一本书。

我有些不悦地说：怎么？还要打埋伏？那一本是什么？拿出来看看！

他像个被人揭穿秘密的孩子，脸色绯红地说：还是不要看吧！

我索性抢过他的包，自己取，我俩虽然多时不见，但多年来相互不分彼此的习惯还是没变。

我拿出书，封面上印着书名《夕阳比你更美丽》，这似乎是当年他的小说处女作，我在小庙前看过。但作者署名，却是"小妞子"——一个时下书市热门的偶像派写手的名字。

我再打开往下翻，确信这本书是当年我看过的那一本。

他把头埋得很低，以近乎检讨的声音说：是书商搞的，他们说这样包装好卖一些。

我突然觉得自己的举动就像是粗暴地揭穿了一个可怜人善意的谎言，让我们都陷入一种尴尬之中。

伤疤揭开之前是最痛的，一旦揭开之后，痛感便相对轻些。小戈摇摇头，自嘲地笑笑说：你别笑我，放弃自己的名字，稿费可以涨一倍，以前是 30 元一千字，现在是 60 元了。

他的话音里有一种让我痛心的悲凉。

之后，我们很久没有说话，像多年前在小庙前那些黄昏里一样。只是城市的喧闹声里，再没有风声与鹰啸。

此后，我在书店里陆续还看到各种印得花花绿绿且卖得还不错的小说，书上署着充满诱惑的名字，而其中有一些书，就是小戈当年给我看过的小说。

我不是这些书的粉丝，但我却发自内心地为一本青春偶像读物流下泪来……

寒风中令人落泪的等待

假期我回老家，听义友钟老师讲了一件他亲身经历的故事。

故事发生在不久前的一个星期天，川西的冬天虽不至于冻掉鼻子耳朵，但因为盆地天色阴沉空气湿润，让人觉得更加萧瑟，心理上的主观温度比客观的环境温度低得多。

在阴冷如黑白画片的集市中，钟老师看到一个让他更难受的画面——三思桥边上，一个身高不足一米的孩子，浑身颤抖地蹲在桥头上，河道上的风，使他努力将原本已很小的身子蜷得更紧，但他仍没挪地方，因为只有这个风口没人来和他抢，别的背风的地方，卖菜的人们早已挤成团了，他根本没实力插进去。

他可能算整个集市上最小的生意人，无论是身材还是生意的规模，一张旧报纸做成的小摊上整齐地放着四把猪鬃刷、五把土豆刮皮器和几把灯草，这玩意早年点菜油灯时可以用来做灯芯，现在则只能在偏方中当药引子，最多值五角钱一把，猪鬃刷和刮皮器，市场价两元一把，整个小摊的东西值不了二十元钱。

看着小孩冻得鼻涕长淌，钟老师动了恻隐之心，上前明知故问地和他谈起价钱来，他一张嘴，发出的声音却是一个低沉而沙哑的成年人，这才明白，他其实是一个侏儒，这让钟老师的同情心如火堆里浇了酒一般腾地升了起来。

可能是理睬的人并不多，侏儒对难得来搭讪的主顾很热情，甚至讲了他货物的来源和卖了钱的去处。他说：刷子是一元钱一把批发来的，刮皮器也是，灯草是姥姥摘的，他每天卖四五把，就能赚几元钱，买米买菜是够的，如果生意好，还会买点酒和肉……

他的语气显得平静而知足，反而让听者有动容掉泪的感觉。钟老师觉得自己应该为他做点什么，于是从口袋中摸出五元钱来，放到摊上。

侏儒很高兴，说：你买哪样？

钟老师没打算要他的货，因为所有东西他都用不上。

侏儒说：这样吧，每样拿一个，我……我没钱找你。

他的样子局促不安，好像做了什么亏心事一样。

钟老师说：好吧，就一样一个，只是我这阵去朋友家，拎着不方便，先存在这，等回来再说。

他的想法，是给钱后悄悄溜掉。

侏儒说：好吧，我等你！

钟老师只把这句话当成了平素听到过的客套话一样，没有当回事，就去忙活自己的事情，甚至很快忘记了这件事。

直到下午，他吃完晚饭上街去办事，路过三思桥时，那一幕画面让他震惊了：菜市所有的人都散了，那个侏儒还待在那里，只是往风小的地方挪了几步，小摊上的东西只剩他点名要的三样，风把地上的报纸刮得哗哗地响。

天色已暗，侏儒蹲在那里啃一个烤白薯，旁边卖烤白薯的人说：别等了，人家不会来了，他肯定是想接济你的。

侏儒说：人家说要来，可能有啥事。我又不是讨饭的，怎么能要人家接济呢？

他们的对话声音不大，但钟老师觉得句句刺耳。他冲上前，对侏儒说：兄弟，不好意思，我差点把这事给忘了，害得你在这等了五六个小时，对不起，对不起！

侏儒把用草绳拴好的货物交给他，艰难地起身，活动活动筋骨，说：没啥，今天生意还好，我可以买二两卤猪头喝二两酒了，肚子还真饿了。

说着话，他捡起旁边的木棒，撑着咚咚咚地走了，那木棒声，由近及远，由轻至重……

由轻至重？

是！由轻至重！

钟老师说这话时，脸色凝重。

我们最不愿单独面对的人

我曾问过许多人相同的问题：你最不愿意单独面对的人是谁？

有答父母的，因为他们除了叫你冷了加衣饿了吃东西之外，便再说不出别的语言。

有答上司的，因为他嘴中唯一能说的便是业绩。

有答老师的，因为他认为不可饶恕的错误也许不过是鸡蛋里挑骨头。

还有答电梯里的小保安，分手多年的初恋情人等。

这些答案，根据每个人的人生经历来推测，各有其道理。但大家在回答这个问题的时候显然忽略了一个重要的人——自己。其实很多人最不愿意独自面对的，就是自己。

据一份资料显示，很多现代城市人回家做的第一件事就是打开电视或音响，让来自外面世界的信息和声响，充盈自己空空的家，而没有半点空间安静地与自己面对。人们更愿意把自己的头脑和心灵当成一个跑马场，任别人的精神产品在里面肆意狂奔冲撞。

不仅如此，在大街上行走的人们，耳中塞的耳机，手指按的手机，都明确告诉我们，独自安静地与自己心灵对话，对许多现代人来说是一件奢侈的事。人们会因为需要了解各种信息，而强迫自己不停地去读去看去听。因为对于大多数人来说，坐下来什么都不做，自己和自己聊天，是一件不可思议的事情。

于是，大家更愿意让感观和知觉，完全处于别人的体验之中。上班，不断接受各种指令，然后完成任务。下班，无论如何要找几个朋友，借着几瓶啤酒，扯些好玩的话题，这些话题，无论是国际形势、影视明星还是某一场球赛，实际都与自己无关，而我们总愿意把它与我们关联起来。于是，别人的信息，便成为我们大脑中的一段褶皱。

当酒尽人醉各自散去的时候。在回家的出租车上，司机和车载电台，喋喋不休地向你强灌着各种信息。而回到家里，打开电视机，里面放着的，依然是别人想让你知道的信息。有的人喜欢在浴缸里与朋友煲电话粥，有的人喜欢在网上与网友聊得天昏地暗。甚至在镜子前，唯一与自己的那次面对面之中，关注的也是手上的那支睫毛膏或唇彩，而不是自己。

这是一个热闹的时代。失眠的人，有一半是因为世界太吵，而另一半，则是因为自己的内心并不安宁。其实，大多数人的心灵像孩子，更像宠物，它渴望被关怀、被爱抚、被呵护。这种关怀，不是用多少钱能买到的，而是一种耐心的付出。对于大多数人来说，连自己的心灵都懒得爱护和呵护，更不要说对别人。因此，这个热闹的世界中，便充满了一个个自感孤苦伶仃的人。

关注一下被你忽略了的自己吧！每天给它半小时的宁静，听听它想对你说什么？如果你特别忙，实在抽不出空，那么，上班路上少看几眼手机，暂时取下耳朵上的耳机，或在睡觉之前少看一页书，闭上眼睛，与冥冥中的那个自己遥遥相对。

它，也许会告诉你一些别人再怎么努力都无法传达给你的东西。

第五章

活鱼溯流而上，死鱼随波逐流

一个强大的人，不应该恐惧自己理想的高大和遥远。活鱼溯流而上，死鱼随波逐流，嘲弄别人理想的人，终将被别人的成功所嘲弄。

活鱼溯流而上，死鱼随波逐流

在印度，有一个名叫鲁基的小镇，这里的人们过着贫穷而安静的生活，放风筝，是大家共同热爱的一项运动，每个有风的季节，从古老而破败的小镇升起来的一个个鲜活的风筝，如同苦难生活中的一声声叹息，使人们抒发出心中的不愉快，并从困苦的人生中，找寻到一些小小的乐趣和希望。

在小镇的天空上，"卡里"是一个不败的神话，它是一只黑色的霸王风筝，没有人知道它的主人是谁，几乎所有的放风筝者都试图与它一较高下，但最终的结果，无一不败下阵来。以至于人们传闻这只神秘的风筝是被人施了黑魔法的，没人可以打败它。

九岁的孤儿葛图，是小镇上少有的不相信"卡里是不可战胜的"神话的人。他自幼失去双亲，被一个废品收购商收留，为了能有一个地方存身，每天帮废品店老板干活，他仅有的伙伴，是一只名叫"老虎"的小羊，他唯一的人生目标，就是打败"卡里"，成为风筝王中王。他也因此成为人们嘲笑的对象。人们认为他把一件不可能的事情，当成了理想。

与大多数理想被人嘲弄便开始自我怀疑甚至放弃的人不一样，葛图并没有因为自己的目标与现实相差太远而选择放弃，并加入嘲笑自己的人们当中，去变本加厉地嘲弄下一个不知天高地厚的人，就如同一群失去飞行能力的鸡去嘲弄向往天空的初生小鹰那样。他相信，如果飞，就有成功的可能，哪怕成功的机会再小，但比之于完全不飞的彻底绝望，要好得多。

他开始为那小小的希望努力。他分析自己屡战屡败的原因，是因为自己的风筝太小，放风筝的位置不够高，风筝的线轴不够大。为了解决这几个问题，他不惜冒着失去住处的危险，偷了老板的钱，又讨好家里有较好资源的猥琐裁缝，以帮他送情书为代价，取得了与"卡里"做下一次 PK 的一切准备。他就像一个小小的堂吉诃德，向巨大的对手，发起了又一次自杀性冲锋。

经过一场激烈的战斗，葛图又一次不出预料地败下阵来。就在嘲笑他的人们以为这一次终于可以打消他那不到黄河心不死的好胜心时，他却从这次比赛中看到了自己的进步，并把胜利的希望，投向了下一个放风筝的地点——小学校的三层楼顶上，那是小镇的制高点，他认为在那里放风筝，一定可以战胜"卡里"。

小学校对流浪儿葛图来说是一块不可跨入的禁地。由于校长的孙子五年前从楼顶摔下来惨死，那里更是被锁起来，严禁任何人踏入。面对双重的不可能，所有的人都会选择放弃。但葛图不是所有人，他选择了自己的方式，向又一个"不可能"冲了过去。

他偷来一个小学生的校服，并找来一个小书包，趁着学校开展交换生活动时，鱼目混珠地溜进了学校，并成功地潜伏下来，成为那里的学生。虽然，他面对没有课本，不知道以往的课程，以及不懂学校规矩的各种尴尬，几次都险些露馅，但凭着天生的机灵，他用漫画书冒充课本，收买怀疑他的同桌女生明淇，用装晕倒混过老师检查画笔，一次一次化险为夷。相对而言，这些难题都不是最难的，真正令他难以回答和尴尬的，是别的同学庆贺生日时，问他的生日是什么时候？

尽管面对了无数的尴尬和危险，但小葛图深深喜欢上了学校，在这里，他知道了苹果从树上落下，为什么只会砸到地面而不会往天上飞。在这里，他学会用塑料口袋和蜡烛制作能飞上天的"孔明灯"。当他把从学校里学到的这些知识，展示给那群被人们骂作"食腐动物"的流浪儿伙伴们时，受到了神一样的崇拜。这也使他更迷恋学校的生活。

为了能继续到学校上课，他编了个自己正在做大生意，可以给同伴分利润的谎言，每天让同伴帮他干完在废品店的活。他又将流浪儿们的生存技能和故事，展示给学校里的孩子们，受到他们的欢迎。他很享受这种被尊重的感觉，这种感觉，甚至让他短暂地忘记了自己来学校的最终目的——放风筝。

就在他短暂迷失的时候，他偷拿同学课本的事败露，几个同学将他堵在巷子里讨说法，情急之中，他编出个更大的谎言，说自己是警察派来的卧底，要抓企图炸毁学校的恐怖分子，目前已掌握了证据，只等给上司发信号就开始行动，而他们的信号就是风筝。

小伙伴们信以为真，主动配合他，分成几个小组开始行动。经过精心策划，他们把行动日期选在了校长不在学校的周六，用小羊"调虎离山"，把看管楼道的保安引到厕所并反锁起来，然后，溜进校长办公室，拿出钥匙，打开封锁已久的楼顶大门，辽阔碧蓝的天空，就呈现在他们面前。

葛图拿出精心准备的黄星风筝和巨大的线轴，开始对他理想的又一次冲击。这时，黑魔王"卡里"如期而至，两只风筝在天空激烈缠斗，小镇的所有人都被有史以来最精彩的一次决斗所震撼。在决斗中，葛图几次处于下风，险些断线，但都幸运地重新振作，并最终完成对"卡里"致命的一击。

当"卡里"从天空沮丧地落下时，小镇彻底沸腾了，这一次，上帝眷顾了这个不放弃理想的人。

胜利之后的葛图，并不快乐。他为自己骗过很多人而心存愧疚，他决定向校长坦白，并向被自己骗过的人们忏悔。学校那条"真相终究获胜"的校训，已深深融入他的血液。

在全校大会上，校长批评了他骗人的行为，并对他的胜利，表示了祝福，这是来自对手的祝福，人们不知道，一直未露真容的黑魔王"卡里"的主人，其实就是校长。为了奖励这个自强不息的对手，他决定让葛图免费上学。

葛图终于用自己的努力，为自己迎来了一条明媚的人生道路，当他背着书包兴致勃勃地迎向明天时，身后是他的流浪同伴们羡慕的眼神，这些都是当初嘲笑他最厉害的人……

这是印度电影《风筝孩子王》里的故事，这部深受青少年欢迎且十分好看的电影，讲述了一个很多大人都不明白的道理——一个强大的人，不应该恐惧自己理想的高大和遥远。活鱼溯流而上，死鱼随波逐流，嘲弄别人理想的人，终将被别人的成功所嘲弄。

人生中最不浪漫的事

5岁，手拿中秋月饼，去找邻家小妹，想与小妹一同分享。哪知小妹抓过月饼，也抓过我的小手，一并咬下，给我留下人生第一痛。

10岁，为帮小妹从大胖手中抢回发夹，我向大胖发起冲锋，落得满身伤疤，却只抢回四分之一个发夹。欢天喜地送到小妹家，却被小妹的妈妈痛骂一顿，叫我以后少上女孩子家串门儿。

15岁，托同学"傻大姐"给小妹送复习资料，资料里夹了六个字："我们做朋友吧。"结果资料被"傻大姐"据为己有，半月之内，"傻大姐"向我频送秋波和巧克力。

19岁，小妹如愿考上大学，在送别的站台上，我含泪想向小妹说点儿什么。不料小妹的爸爸说：别再惦记小妹了，天鹅和青蛙总归不能在一起。

22岁，小妹回家探亲，发电报让我去接。终于熬到那一天，打扮得整整齐齐，在车站苦等三小时，终于等来了小妹，和她的男朋友。

23岁，第一次相亲，因为经费不足，不得不把身份证押在相亲茶楼，气得女方从此消失。

24岁，终于有女孩子领我回家见了父母，我特意买了一束礼物和黄菊。未来的岳父大人很高兴，说，正好明天要参加同事的葬礼，可以不买花了。

30 岁，结婚五周年纪念日，妻在电话里甜蜜地问：你知道今天是什么日子吗？我说：今天是我们刘副科长丈母娘的小姑子的生日！

35 岁生日，满心疲惫地回家，家里一片漆黑，急忙四处寻找螺丝刀，准备修理保险盒，却见妻子和女儿站在身后，手上端着生日蛋糕和蜡烛。

41 岁，坐在阳台上想，到底该在张科长和刘副科长之间持什么态度，妻在身后轻抚，问：天上这么多星星，你会想到什么？我想：明天该是洗被子的好天气！

46 岁，传闻邻家小妹离婚，她打电话来，想叙叙旧。我上街买了 6000 元的行头，从头到脚，一番梳理，然后冲向约会地点，听已经明显发胖的小妹讲了一夜买保险的好处。

55 岁生日，女儿和女婿忙着生意上的应酬，妻去为他们照顾外孙女，我只能自己给自己倒一杯苦酒，再往电台打个电话，自己祝自己生日快乐。

65 岁，外孙女读了初中，妻解放了，老两口终于可以坐在一起了。太阳暖暖地照在我们头上，我们发现，不戴老花镜，已经数不清对方的白发。

70 岁，一个落雪的冬夜，老两口相拥在被窝里，忽然想起多年前秋天的那次热吻，好想再试一次，结果，松动的假牙使我俩永远失去了兴致。

80 岁，站在妻子的病床前，窗外的夕阳依稀照出妻子年轻时的容颜，真想对她说"永远爱你"，但医生反复叮嘱，妻的心脏已经经不起任何刺激，于是只好轻轻伸出干枯的手，从她多皱的脸上，轻轻拭去泪痕……

求求你，表扬我！

我的父亲和母亲是一对怨偶，在他们长达四十年的婚姻之中，争吵多于交谈，面红耳赤多过和颜悦色，相互误解多于理解宽容。在我的记忆中，他们和平相处的时间甚至是以秒来计算的。我从 17 岁便逃出家在外租房居住，大抵与此有关。

我曾不止一次地分析过父亲与母亲这水火不容的婚姻关系。严格说起来，我的父亲和母亲都是非常不错的人，父亲勤劳、顾家，每挣一分钱都会拿回家，而且老实本分，在我的记忆中，他几乎从没有和母亲之外的别的女人连续说过五句以上的话。

母亲也一样，勤劳、慈爱、热心助人且乐观大方。几乎全身心都扑在家里，里里外外勤劳操持。周围邻居个个都真心说她是个好人。

但两个单个的好人放在了一起，可能充满了危险。他们硝烟四射的战斗，其起因有时是子女的教育问题，有时是晚饭吃什么，有时则是争电视应该放《超级女声》还是《激情燃烧的岁月》。但我觉得这些都只是表象，而他们关系不好的根源，是一些非常非常小的原因。

我一直很固执地认为，父亲和母亲之所以吵了大半辈子，其主要原因是母亲喜欢听好听的话。这本是所有女人共有的天性。

特别是这些好听的话来自她的老公或恋人，则更是有特别的意义。

但可怕的是，我的父亲却是一个天生的"好话盲"，他几乎不懂得表达赞美别人，特别是他的妻子。在他看来，对一个人好，应该是默默无声地付出。事实上，他一直也是这么做的。他可以将所有的工资交回家，可以在家庭最困难的时候，出去兼几份差。我确信，如果母亲生病需要他身上的任何器官，他都可以眼睛不眨地同意。但问题是，他唯独说不出一句他认为肉麻而母亲却觉得必不可少的夸奖的话。

我印象最深的一次，是八岁那年，父亲去兼差，每晚深夜才能回家。母亲觉得他忙累了一天，回家时又冷又饿非常可怜，就每晚炒好菜备好酒，等他回来。要知道，母亲这是每天工作十多小时之后好不容易闲下来的杰作，她多希望父亲吃得心满意足，并真心地夸一句。

但父亲吃完喝完，把加班的工资交给母亲就睡了，母亲很失望。一连几天如此，母亲有些按捺不住，就提醒着问他：有老婆还是不错的吧？

不料，父亲竟横空冒出一句：其实我这个人无所谓！

我敢打赌，他想说的是：你一天忙累了这么久，该早点休息，我吃不吃夜宵都无所谓！但他对语言太过节俭，以至于此事成为母亲大半辈子以来每次吵架都会忆苦的一大罪状。

母亲和父亲，在未来的日子里还会吵下去。每当他们争吵的时候，我都恨不得自己变成孙悟空，钻入父亲体内，把他这辈子欠我妈的赞美语言，一股脑地全说出去。

趣答失恋女孩们的问

　　这两天，线上线下净遇到些失恋的伤心女孩子，她们仿佛商量好了一般，一例哭丧着脸冒充林黛玉，一脸哀伤满腔凄怨地讲自己的爱如何的深，这段失去的爱如何如何伤她的心，那个人如何如何走不出她的心灵，她无论如何再也不会爱别人等。

　　而我则不太理解她们的伤和痛。也许是因为恋爱这种事，离现在的我已经太过于遥远；也许作为局外人，无法理解当事人的伤感，如同我们永远无法理解旁人的牙痛一样，我总觉得小小年纪的她们稚声唱着"伤口那么多，没地方再受伤了"，是那样的滑稽和矫情。因而，对她们的劝解，多半是例行公事般地说两句"不要太伤心""旧的不去新的不来"之类没心没肺的话，效果自然很不理想。

　　犹太人有句老话：既然肩膀是上帝给的，那么担子自然也是上帝给的。这句话的意思是讲每个人必须去面对自己的负担。但可怕的是，那些失恋的女孩子并不知道这句话，愣想将我这个好说话的老大哥的肩膀，也借去一用，于是，我的肩上莫名多了些负担，耳中和脑中，也就自然多了些怨言和苦水。而最可怕的就是，这些女孩子们，叙述伤口的方式都那么一致，以至于我在听了几十遍之后，都觉得问题大同小异。虽然我不相信所有来倾诉的人都有为情自杀的勇气，但说不定其中就会有一两个，因为眼睛被情感的树叶遮蔽而看不见整个生命之林，从楼上真的跳了下去。为了防止被她们逼成祥林嫂，我决定认真整理出一篇文字，放到网上，今后凡遇有相似经历的失恋者，就给她一个链接，于她于我，都省了麻烦。

以下便是一些交谈的记录，择有代表性的，录之。

问：我失恋了，怎样才能从失恋中走出来？

答：调整心态，开始一场新恋情！

问：可在我心中他是永远的，唯一的，不可取代的！

答：如果他也这么想，我倒觉得是应该的！但如果不，你的坚持就是愚蠢，除了伤害之外，没别的用处。

问：那我岂不是不忠诚自己的爱情？

答：忠诚只存在于相爱并负责任的双方，是相互的，不是一厢情愿的单方面行动！

问：可我的爱已被他耗尽了，不可能再爱别人了！

答：你的爱是酒吗？可以用量杯量量用了多少？

问：我觉得他是我最爱的人，我不可能再找到比他更让我心动的了！

答：全世界有70亿多人，如果按10岁一代分的话，与你同龄的应该有几亿人，这些人你见过多少？你怎么就可以断定只有他最合适你呢？

问：可我就是忘不了他，为了他我可以死！

答：你去找几张自杀者面部表情的图片看看再做这个决定！

问：可我努力想忘了他，但就是忘不了！

答：你试试不努力，每努力一次就是加深一次记忆。

问：为什么那么多恋人都幸福美满，唯独我这么不幸？

答：你上街问问那些你觉得幸福美满的恋人，有几个是没吵过架没失过恋的？

问：离开他，我已无法再生活下去了！

答：你试着屏住呼吸一分钟或三天不吃饭两天不喝水，之后再确定离开什么你无法生活下去？

问：和他分手，我根本无心工作，整天只想他！

答：别在失恋的伤口上再撒上失业的盐！

问：为什么我的心这么痛，难道这必须是爱的代价吗？

答：因为真爱过，所以会痛，证明你有血有肉有性情。建议去看看蚕蛹破茧成蝶的过程。如果没有挣扎与撕裂的痛，也就没有成长的翅膀。而有了痛的经历，能让你更明白幸福与甜的意义和价值！

问：能找到一个一劳永逸永远没有痛苦的办法吗？

答：没有！生命本身便是不断受伤不断复原的过程，爱也一样！

问：我都25岁了，还能找到称心的爱情吗？

答：只要心不死，52岁或更老也能！

问：我这几年的青春耽误了，怎么办？

答：如果你不和他相爱，你这几年的时间就攒下来了？像钱存在银行那样？

问：作为过来人，你怎样看我对爱情的痛苦感受？

答：我不理解，但尊重你的感受。你只是被情感蒙了眼睛而已，把眼睛睁大点，世界绝对是一个你想象不到的大花园，有很多人生乐趣你还不懂。只能给人痛苦的爱情绝不是爱情！

别以为你所拥有的都是应得的

我的一位异性朋友因为厌倦平淡呆板的婚姻生活而选择了离婚。离婚后，她和老公成为朋友，两人偶尔会相约喝杯咖啡或看场电影，彼此间又有了一些情感火苗。

她说：我似乎又找到了当初谈恋爱时的感觉。

她的老公也是我的朋友，一次聚会时，我调侃他说：离婚是一次进修啊，你小子进步不小啊，都懂得哄女人了！

朋友大喊冤枉，说：我绝对没有刻意改变任何东西，以前怎么做的，现在也是怎么做，只是她的心态发生了变化而已。以往，作为老公的时候，我所为她做的一切，在她看来都是应该的和必需的，因而会以一种淡然甚至漠视的心态处之，任你做一件事付出多少努力，她也没有感觉。在得不到积极回应的状态下，我也就逐渐懈怠了。而现在，我没有义务必须要对她好，而我对她依旧很好，让她感觉，这一切都是赚到的，反而会更感动和珍惜。

我对他的说法有点似懂非懂，但这反而激起了我想究根问底的八卦情绪。某天深夜在 QQ 上遇到他的妻子，于是旁敲侧击地和她聊起来。

她说：这确实是一个心态问题，以往，作为他的老婆，总觉得他对自己好是天经地义的，工资全拿回家，为自己煮饭炒菜，陪自己逛街、看电影、喝咖啡，逢生日、纪念日送花点蜡烛唱情歌，上班接送，下班等待。好像这一切都是自己本应该得到的，它甚至像空气一样，让生活在其中的人几乎忽略了它的存在。而离婚后，这一切瞬间消失。滚热的牛奶咖啡再也不会自己飞到床头；衣服不再自己飞进衣橱；脏碗和盘子也不再自动干净并飞入橱柜；可口的饭菜不再自动出现在餐桌上。当我亲自做这一切时才发现他曾经付出的心力，而自己曾经无休止地责怪他这件事没做彻底那件事有瑕疵。因为一切都觉得是应得的，因而永远嫌他做得不够。

特别是在洗碗时，她发现家里所有玻璃和瓷器的底部，都粘上了一个小小的塑料圈，这是老公为了让上夜班的她能安静休息而安的消音设施。老公一直在静静地做着努力，而这种努力，却在她"应得"的心态下，被轻易忽略了。想着离婚时，老公欲言又止的无奈表情，她大哭了一场。

之后，作为朋友，彼此的心态平和得多，对方在没有任何义务的前提下，送来的一束花或陪着走的一段夜路，以及一个道晚安的电话突然就变得珍贵起来。对方偶尔的迟到或漏记某一件事，也不再那么不可原谅。大家彼此都善意地揣测对方的动机，相互看对方，也更加顺眼得多了。

其实，并不只有这对小夫妻是这样的。我们每个人也许都犯过类似的错误，只是对象有可能是父母、亲戚、朋友、同事或陌生的路人。当我们以为我们所拥有的是应得的时候，我们会少一些感恩之心，我们甚至可能会因为漠视，而没心没肺地伤害到那些默默为我们付出的人。

换一种心态，重新看待自己所拥有的一切，也许你能从平淡的生活中，读出一些新鲜和感动来。我的那两位朋友，因为一次无厘头式的离婚，领悟出了许多东西。而更多的人，却并没有他们那样的幸运。

别让昨天的他伤害今天的你

一位时常来我博客的朋友在 QQ 上给我留言，说她今天去相亲了，这是她离婚两年来的第 20 次相亲，但她在心中却不由自主地把相亲对象，与她的前夫做比较，而比较的结果往往并不满意。比前夫有钱的，偏老；比前夫帅的，又事业无成；比前夫体贴人的，偏丑；比前夫懂生活的，偏女气……

她说自己并不是因为爱前夫而产生这种感觉的。相反，倒是一种恨意支配着她，不服气地要让自己的新人全方位踩扁旧人，以求得内心的平衡。

一项对离异男女的调查显示，七成左右的女性，在离异后有这种比较的心态，而男性的比例则不到三成。这种想法是否对下一段婚姻有决定性影响作用的，女性持肯定回答的占五成，而男性持肯定回答的则不超过一成。这也充分说明了，当下离异男女中，男人再婚的成功概率远远高于女性的重要原因决不仅仅是"男人心花"或"选择面比女人大"，还有一个重要原因，就是心态。

之所以出现这样的现象，除了男女之间的心理结构差异之外，男女对社会环境暗示的承受能力，也起着巨大的作用。多数女人，将婚姻当成生活中唯一重大的事情，婚姻失败自然会成为最大的失败，因而，受挫感和反弹也更为强烈。我认识一位朋友，离婚后，居然有一个月没有出过门，因为她觉得自己离婚这个"重大新闻"一定尽人皆知，别人会以什么样的眼光看自己？她实在不知道该怎样面对这种场面。而一个月后，当她面色憔悴地"重回人间"时，发现远不是她所想象的那样，用她的话说就是：谁认得你是谁啊？

她用长达一个月的挣扎与自我折磨，换得了一个顿悟："自己的生活只属于自己，与别人没太大关系。"而此前，她一直觉得有天大的关系。这个道理，男人们大多懂得，这也是多数男人在离异之后，会那么"没心没肺"地开始另一段感情生活的原因。而女人们，会因为这行为而感到受伤，进而发奋，要找一个比他强的人。而事实上，也为自己设下了一个心理门槛，某些女人，甚至最终将之铸成了一道牢不可破的铁门，将自己与幸福永远隔绝开来。

在 QQ 上，看着那位可怜的博友伤感而绝望的叙述，我实在想不出好的语言来劝慰她，踌躇间，突然想起不久前看过的一个电视节目，讲的是一个离异后的女人，因为一直对男人的"负心"耿耿于怀，发誓要找一个比他更强的男人，她以此为目标，寻觅了十几年，也没有实现愿望，于是转而在别的领域发奋，做生意、搞慈善、进出于各种秀场，其目的，就是想让她的前夫看看她的不凡。她努力了很多年也挣扎了很多年，将前夫作为一个枷锁，牢牢地套在自己脖子上，自己所有的喜怒哀乐，都被这个枷锁绑架着。直到很久以后，她才知道，她的前夫——她多年来一直在意的目标观众，其实在很多年前就已经离开了人世，对她咬牙切齿地努力，一无所知。

爱应该是柔软而亲切的

我的一位异性朋友，今年 36 岁了，她说自己已有 10 年没有吃过一粒米了，只是靠些苹果和蔬菜过日子。我问她是不是得了什么不能吃米饭的病？她说不是，只是怕自己长胖了不好看。

对于女人来说，爱美是天性，为美丽而忍受任何痛苦，在她们看来都属正常，穿耳环、抽脂、断骨增高、锯肋骨瘦腰等"美容术"的风行，便很能说明问题。曾经流行的穿脐环、打舌孔、安腮钉，则更是让人觉得触目惊心。

我这位朋友其实并不胖，一米六五的个头，至今也只有一百斤。自从 10 年前生了小孩之后，她就莫名其妙地开始疯狂减肥。她之所以要减肥，是因为怕她的老公嫌她不漂亮。她老公是个事业有成的成功人士，她总担心自己因为色衰而失去他。为此，她对自己采取了近乎自虐的方式进行减肥，大量的减肥药代替主食自不在话下，还像和谁赌气一般报了几个健美训练班，不仅如此，她还听信一同减肥的朋友的建议，在家做食疗，搞得顿顿"忆苦思甜"，一个月见不到绿豆那么大一块肉。最近还听信广告的鼓吹，去做了肉毒素拉皮，将一张脸搞成了没有表情的白板。

她的这种心态，是把自己变成了不是奴隶的奴隶。老公的一言一行或一个眼神，都会使她莫名地想很多事情。她的这种惊惧与狐疑，使她更加疯狂甚至神经质起来。不惜一切代价地买漂亮衣服，不惜一切地做美容和保健，不遗余力地吃苦减肥。这些举动，让她老公感到不可理喻。老公说：我要的是一个老婆，而不是模特。我想看你的笑容，而不是被肉毒去皱术去得连表情都没有的脸！你记住，爱应该是柔软而亲切的！

老公的这句提示，被她当成了要变心的征兆和信号。她于是开始警觉起老公的一举一动，每天老公回家都要亲自为老公换衣服，老公最初没在意，还快乐地享受她的温柔体贴。直到有一天，无意发现她像警犬一样仔细地嗅他衣服上有没有香水味，并查看有没有口红与唇印时，他彻底崩溃了。

后来，老公有了外遇，对方长相一般，这让她羞愤难当。

她不止一次向朋友们哭诉过，哭自己这么多年所吃的苦和所受的罪，哭丈夫对她所做努力的漠视带给她的痛苦与伤心，哭丈夫的有眼无珠与自己的自作多情。这时候的她，是那样的痛苦和绝望，一点也没有了往日高贵的神情。

我在听了她的故事之后，觉得她的这份痛苦，与她对爱的理解和认识有关，她把爱理解得太表象化。她至此也还没有明白，赶走她爱情的，正是她为爱情所做的努力，与爱情的实际需求出现了偏差。

如她老公所说的那样：爱是柔软而亲切的，这和外在无关。

不要为你是一只鹰而感羞愧

大学毕业的时候，他被分配到很偏远的一座水电站工作，这里离最近的一个小镇有二十多公里，电站内部食堂、小卖部、幼儿园样样都有，自成一个小社会。

电站有正式员工一百多名，加上家属和小孩，共有五六百人。在这个偏远而封闭的小社会中，男人女人们热衷于打麻将和谈论八卦，让他觉得有些格格不入。

他喜欢看书，喜欢听外国音乐看欧洲影碟，每次进城都会买些新书和碟片回来。这让别的同事们感觉不可理喻，他们说：每天打麻将的时间都不够，还有时间看书？电视里有演不完的电视剧，还花钱买碟，真是钱烧的！

如果分歧仅止于这些的话还要好些。问题就在于，长年生活在山里的老工人们有异乎寻常的热情，他们常会快乐地来到他寝室门口喊：

打麻将？三缺一！

别看书了，喝酒去！

打麻将、喝酒都是他不喜欢的。他更不喜欢的是在干这些事情时，人们叼着烟卷赤着膀子乌烟瘴气地讲荤笑话。最初去过几次，因为受不了烟熏火燎酒刺激，心中恐惧，后来渐渐找理由不去了。这就变成了不合群，瞧不起人。在这小山沟里，背上这样名声的人通常是惹人厌恨的。因此，他的工作生活就不那么顺利了。人们渐渐对他开始怀有敌意，在一个充满敌意的环境中，随时面对别人的刁难和苛责，让他觉得生活没有任何趣味，受挫折感极其强烈。

为此，他绝望得想发疯。他给上大学时的老师写了封信，讲述自己的苦恼。他说，在他生活的空间里，他与别人从内到外都不一样，周围的环境和周围人的做事风格与他理解的完全不同，他感到很无力，不知该怎么办？究竟是委屈自己，放弃自己所拥有的一切去向自己并不认同的周边环境看齐，还是坚持自己所喜爱的东西，我行我素旁若无人地走下去？

很快，老师回信了，信上是一个故事：

从前，有一只鹰蛋不小心落到了鸡窝里，被当成鸡孵了出来，从出生那天起，它就与鸡窝里的兄弟姐妹们不一样。它没有五彩斑斓的羽毛，不会用泥灰为自己洗澡，不会从土里掏出小虫来。矮小的鸡窝总是碰它的头，而鸡们总是笑它笨。

它对自己失望极了，于是跑到一处悬崖，想跳下去，结束自己的生命。但它纵身跃下的时候，本能地展开翅膀，飞上云天，它才发现，自己原本是一只鹰，鸡窝和虫子不属于它。它为曾因自己不是一只鸡而痛苦的往事感到羞愧……

你不要因为自己是一只鹰而感到羞愧！

老师的信末尾是这样写的。

他看了这封信，心中豁然开朗。他不再因为周围人的不认同而痛苦绝望。他继续读书，并在两年后顺利考上了研究生，后来，成为一家外企的经理。老师信末尾的那句话，成为他一生的座右铭。

火上烤着的中产者

老朋友阿宁打来电话，约我出去喝茶，这本是我喜欢的事情，但我却找了个借口推辞了。放下电话，对自己鬼使神差地拒绝觉得莫名其妙，这种拒绝，似乎已成为下意识的反应。看来，在潜意识里，与阿宁喝茶已成为负担。

按说我与阿宁既无经济瓜葛，也无利害冲突，我们俩对诸多社会问题的看法也基本一致，他本不应该是让人感到压力的人，但最近几个月，他喋喋不休的抱怨，也许是我不想和他喝茶的原因。我实在不想听一个工资收入比我高一倍的人，在我面前抱怨生计艰难，让我感觉别扭和不自在。

阿宁在一家杂志社当副总，不含年终奖金和分红，月薪也在一万五千元左右。他比我早来成都几年，付全款买了房子和车；前些年在新闻行业时，买了一些公司的原始股，那些股票溢价至少在 10 倍到 20 倍；他的漂亮妻子几年前给他生了一对龙凤胎。不夸张地说，他是个如假包换的中产阶级，他本应该快乐平和地生活。

但事实上，他不仅不快乐，而且也不平和。每一次见面，感觉他就像坐在一把烧红的铁椅上，焦灼而急躁，再伴以埋怨，足以将与他坐在一起的人也感染了。

　　他会无休止地叹息钱不够用，生计艰难，股票跌了，房价跌了，工资跌了，单位的广告收入下滑，出去开招待会红包也变薄了，以往一堆一堆的提成，现在变成一张一张的了……

　　这是他焦虑三部曲的第一部：忆苦。接下来，就是第二部：思甜。在对现状进行痛不欲生的叙述之后，他就会无限感慨地回忆当初的钱多好挣，社会关系多好处理，股市和楼市是多么风调雨顺。一副生活总在别处的样子，无限神往地憧憬那些被他的记忆神经美化了的往事。我比谁都清楚，他此时所思的甜，在当年也是他切齿痛恨过的苦。焦虑的第三部也是最让听者难受的，便是展望未来。这种展望，有时是一篇写了一半的计划书；有时是清早起床上厕所时灵光一现的想法；有时，则可能是从新闻中逆向思考出的"发财秘籍"。

　　这些计划，如同酒一样，使他激动得浑身颤抖，而让旁观者感到难堪与不解。有时，他兴之所至的一声大叫，惹得周围的人观望，令与他同桌的人恨不能悄然遁地。

　　在我看来，他的这些焦虑，本不应成为焦虑，金融危机之于他，不过是遥远的一道风景；而股市的波折，即使大盘跌七成，他也还是赢利者；房价的涨跌，关他这个已买定房子的业主什么事；工资降 800 元，也不过是他工资的十几分之一，即便如此，在传媒界中还是偏高的。

　　但是，万事并不凭我的想象。他的焦虑，肯定有他的原因。而他的叙述，与我的想象显然并不一致。如果用他的逻辑，他的焦虑也并不像我所看到的那么矫情，反而让人有同情的感觉，比如他对经济和社会地位的担忧。他认为自己赤手空拳混到现在，也算还不错，比起以往一起出来的朋友们，当然好了不少，但比起那些他看得见却摸不到的更高层的生活，他感觉到还是差个层次。这就如同赛车一样，最后一名因为从没见过第一名的风采，也就没有取而代之的愿望。而跑在中间的车手们，既看到了第一名的潇洒，也看到了自己努力冲就能上去的可能。因而，他们会加倍努力，力争前冲与上进。

除此之外，中产者对自己的身份确认，也是他们的焦虑之源。

对于阿宁这样的中产者来说，生活被赋予了生活以外的意义。这其中，有多少是必需的？有多少是不必要的？很少有人能说清。而回到生活本身，灭掉屁股下那堆火的唯一良方，有多少人知道？又有多少人既知道，又能身体力行地去做呢？

决定我们命运的陌生人

在一次闲聊中，妻对我说：知道吗？我们今天的幸福生活与一个字有关。

一个字？什么字？

不是一个具体的字，而是计量打字速度的一个数字。

她的回答更让我一头雾水，为了让我明白，她讲了一个故事。

那是 19 年前，她在一家打字培训班学打字。有一次，一家报社招文字录入人员，她和一起学习的十几个同学参加了考试，及格线是每分钟 65 个字。不知是紧张还是天气太冷，她那天发挥得不太好，每分钟只打了 64 个字。她当时很沮丧，但最后公布录取名单时她却榜上有名，后来才得知，在录取的讨论会上，一个报社的领导说：这个学员虽然少打了一个字，但她的准确率比别人高很多，于是就忽略了那一个字，她顺利地进入报社，并碰到刚从工厂考进报社当编辑的我。之后，我们恋爱、结婚，有了女儿小美，有了美好的生活。

在我看来，这不是一个数字的原因，而是那一个不拘于陈规不仅看字数更看准确度的领导的一念之差，不仅改变了她，也改变了我、我们的女儿以及身边很多人的人生轨迹。如果当时的主考，不是这样一个随性的人，而是一个严守规则的人，我不知道我们的人生故事，又该是怎样的。

虽然，我至今不知道那个人是谁，但我在心中仍暗暗感激这个改变我们命运的陌生人。

其实，这样的例子还有很多。

我有一个朋友失恋了，他一直不能容忍女朋友再找别的男朋友，当女朋友开始新恋情时，他整天磨刀霍霍，跟踪并筹划着要用一种惨烈的方式与对方"同归于尽"，他的计划被另一位朋友发现了，在他即将实施报复的时候挡住了他，并晓之以利害，让他从狭隘的报复情绪中走了出来。他的前女友，自始至终不知道另一个素不相识的人，用自己的善行改变了她和其他人的命运。

并不是所有的人都有如此的幸运，也并不是所有陌生人对别人的命运都有正面影响。我的一个小伙伴多年前在阿坝旅游时，在一条小溪边被一块来路不明的飞石击中，头上带着一个洞生活了十几年，最终死于由此引发的后遗症。他至死都在念叨那一块出自陌生人手中的飞石，那个扔石头的人也许是为了打水漂玩，或想赶羊上山，但这块石头却给另一个生命带来了长达十几年的痛苦，为了给他医病，他们家财散尽，母亲也死在带他求医的路上。他们至死都不知道自己该怪谁。

在我们生活的世界，人与人之间总是存在着千丝万缕的联系，有人将之称为"缘"，而这缘，有时能带来好的结果，有时却会带来恶劣的后果，在通向未来的人生路上，总蒙着一层神秘的纱，让我们无法明白哪一次我们遇到的面试人是帮助我们的"贵人"，哪一次相亲时有一个陌生的乌鸦嘴坏了我们的好事。人生的奇异与神秘，全在于此。

一部名叫《霍顿与无名氏》的卡通片将这件事讲得很通透：一头大象为了拯救一粒灰尘上生活的千百万人而历尽艰辛。那颗灰尘上的人浑然不觉自己随时坠入热汤锅的命运，唯有这头大象在艰难地苦撑着——那粒脆弱而可怜的灰尘，多么像我们生活着的地球啊！

善待我们身边的人，这份善意与美好，能让世界变得更美好。

文明，无非就是顾及别人的感受

不久前，我去了一趟泰国，临行前，亲友们无不担心地提醒我注意安全，这让我着实紧张了一阵。

但从抵达泰国到离开，我始终没有遇到危险，反倒是两件非常小的事情，让我对泰国这个国家和生活在这里的民众，有了更为亲切的认识。可以说它使我对文明这两个字，有了更深的认识。

第一件小事，是在清迈的周末夜市上，一位骑改装三轮的妇女的车在三岔路口上熄了火，三条路上往来的车辆顿时拥堵起来。在我的想象中，此时应该是喇叭和叫骂声四起，被堵人们的各种凶相和愤怒眼光，足以把那个女人和她摩托车上坐着的两个小孩"焚烧"成三只外焦里嫩的烤土豆。

但显然，我的想象是错误的，因为我看到的现实，是三个方向近百辆被堵的汽车和嘟嘟车，没有一辆车的司机按喇叭，大家都静看着女人在拼命努力发动车子，看得出来，因为造成了拥堵，女人很自责，也很焦虑，而大家都知道，在这个时候对她的任何指责与谩骂，都是没有意义的，甚至是起相反作用的。有的司机，甚至已打开车门准备下来帮忙。而就在这时，车发动了，女人上车走了，被堵的人们各自上路，没有一句议论。

　　另一件小事，则是发生在一场意外的雨中。我被突如其来的大雨淋得躲到一户人家的屋檐下，等了半天，雨都未见小，就在我焦灼不安之时，突然听到身后栅栏门里有人在说话，我的第一反应，是挡住了别人，给别人造成了不便，于是赶紧躲开，这时，旁边一位懂中文的老太太说：她们不是让你走开，她们要拉卷帘门了，怕突然的声音吓到你，特别提醒你一下！

　　事实上，那卷帘门声音并不响，但那一声听不懂的提醒，却让我心生暖意。我想，所谓的文明，无非就是顾及别人的感受，并站在对方立场上思考问题吧！在这一点上，在泰国人身上发生的两件小事，令我印象深刻，并且身感温暖。

图书在版编目(CIP)数据

人生是一场无人相伴到底的旅行 / 曾颖著. —杭州：
浙江大学出版社，2016.12

ISBN 978-7-308-16309-5

Ⅰ.①人… Ⅱ.①曾… Ⅲ.①随笔—作品集—中国
当代 Ⅳ.①I267.1

中国版本图书馆 CIP 数据核字（2016）第 243511 号

人生是一场无人相伴到底的旅行
曾 颖 著

责任编辑	卢 川
责任校对	董凌芳
出版发行	浙江大学出版社
	（杭州市天目山路 148 号　邮政编码 310007）
	（网址：http://www.zjupress.com）
排　　版	杭州林智广告有限公司
印　　刷	杭州钱江彩色印务有限公司
开　　本	880mm×1230mm　1/32
印　　张	6.375
字　　数	143 千
版 印 次	2016 年 12 月第 1 版　2016 年 12 月第 1 次印刷
书　　号	ISBN 978-7-308-16309-5
定　　价	35.00 元

版权所有　翻印必究　印装差错　负责调换

浙江大学出版社发行中心联系方式　（0571）88925591；http://zjdxcbs.tmall.com